NEUE REINBEKER KINDERBÜCHER

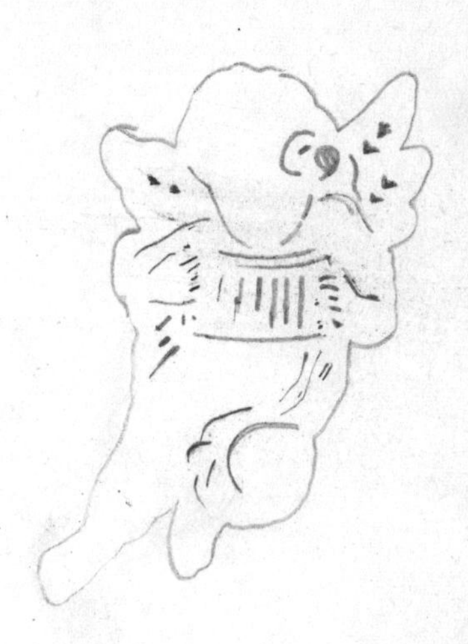

Valentine Davies

Das Wunder in der 34. Straße

Aus dem Amerikanischen
von Thomas Lindquist

Carlsen Verlag · Hamburg

1. Auflage 1989

Originalverlag: Harcourt Brace Jovanovich,
San Diego/New York
Originaltitel: MIRACLE ON 34TH STREET
Einband und Textvignetten von Katerina Lovis
Lektorat: Ursula Heckel
Satz: Mohndruck Graphische Betriebe GmbH, Gütersloh
Druck und Einband: Ueberreuter, Wien
ISBN 3-551-55010-7
Printed in Austria

Für Liz
Valentine Davies

Vorwort des Autors

Wie alles an Mr. Kringle, gehorcht auch sein Erscheinen in Buchform nicht den allgemein anerkannten Regeln. Statt zuerst im Druck zu erscheinen, und anschließend auf der Leinwand seine Verbeugung zu machen, hat Mr. Kringle die übliche Reihenfolge umgekehrt. Seine seltsame Persönlichkeit und die Kettenreaktion, die sie auslöste, entstanden in meiner Vorstellung anfangs als Filmidee. Erst nachdem Kris Kringle auf der Leinwand lebendig geworden war, erhielt er die Einladung, auch zwischen zwei Buchdeckeln aufzutreten.

Darum ist diese Geschichte, in ihrer vorliegenden Form, nicht ausschließlich mein Verdienst. George Seaton war es, der Kris zuerst in ein Drehbuch für Twentieth Century-Fox einfing und ihn dann vor der Kamera zum Leben erweckte. So viele Ideen von ihm sind in dieses Buch eingegangen, daß es eine echte Zusammenarbeit war. Eine Zusammenarbeit, für die ich sehr dankbar bin.

Im Namen von Mr. Kringle möchte ich William Perlberg ein herzliches Dankeschön sagen, weil er an ihn glaubte und den Film »Miracle on 34th Street« produzierte. Ein Dankeschön an Twentieth Century-Fox für ihre großzügige Erlaubnis, ihn in Buchform erscheinen zu lassen; und auch an Dr. Walter M. Simpson, der Mr. Kringle mit seinen Verlegern bekannt machte.

Valentine Davies — Los Angeles, 1947

Eins

Auch wenn wir noch so lange suchten, wir fänden niemanden, der so dem Weihnachtsmann ähnelte. Er war der Weihnachtsmann, ganz wie er leibt und lebt: mit weißem Bart und roten Backen und dickem Bauch – mit allem, was dazu gehört. Er hieß sogar Kris Kringle, und Kris Kringle ist einer der amerikanischen Namen des Weihnachtsmannes.*

War dieser Name Zufall oder Absicht? Vielleicht war das eine Art Künstlername? Das haben Kris Kringles Freunde aus dem Altersheim von Maplewood niemals herausgefunden.

Auch konnte keiner sagen, wie alt Kris Kringle war. Mit seinem weißen Bart wirkte er wie fünfundsiebzig. Doch wenn er lachte, wenn er sich bewegte, dann hätte jeder geschworen, daß Kris Kringle nicht einen Tag älter als fünfzig war.

Er hatte lebhafte, fröhliche Augen. Und wenn er lächelte,

* Vermutlich ist Kris Kringle ein Name, der sich aus dem »Christkindl« der deutschen Einwanderer entwickelte.

ging die Sonne auf. Aber Kris Kringle hatte nicht nur große Ähnlichkeit mit dem Weihnachtsmann – er glaubte auch ganz fest daran, er sei Santa Claus persönlich.

Doktor Pierce, der Arzt des Altersheims von Maplewood, fand diese Wahnvorstellung harmlos und unbedenklich. Der alte Herr, mit seiner gütigen Verschmitztheit, hatte den Doktor ganz für sich gewonnen. Darum kam Doktor Pierce häufig in das kleine Zimmer im Altersheim von Maplewood. Dort herrschte ein fröhliches Durcheinander von Spielsachen in jeder Form und Größe, von Bastelarbeiten und Baukastenmodellen, Spielzeugkatalogen und Kaufhausprospekten. Und hier verbrachte Kris den größten Teil seiner Zeit, sein Pfeifchen schmauchend und an seinen Spielsachen basteInd.

Eines Morgens im November, als Dr. Pierce wieder einmal hereinschaute, schien Kris ihn zunächst gar nicht zu bemerken. Er las eine Annonce in der Zeitung, und seine Augen funkelten vor Empörung. Eine Versandfirma machte hier das Angebot, alle Weihnachtsgeschenke vor dem Fest zu besorgen – mit 10 Prozent Rabatt auf den Kaufpreis! »Teilen Sie einfach Alter und Name all der Lieben mit, die Sie beschenken wollen«, las Kris vor. »Wir befreien Sie von der lästigen Notwendigkeit der Weihnachtseinkäufe.« Kris warf die Zeitung wütend auf den Boden.

»Ist es schon so weit gekommen mit Weihnachten, Doktor?« fragte er. »Das ist doch reiner Kommerz! Gibt es denn keine wahre Weihnachtsstimmung mehr auf dieser Welt?«

Nein, fürchtete Dr. Pierce. Weihnachten sei tatsächlich

ganz kommerzialisiert. Es sei ein »Geschäft« geworden. Die Stimmung verflüchtige sich in den Menschenmassen, die in die Kaufhäuser drängten.

Kris wollte dies nicht glauben. Trotz allem äußeren Anschein, trotz solcher Zeitungsannoncen. »Nein, Doktor«, sagte er. »Hinter aller Hetze und Geschäftigkeit glauben die Menschen noch immer an den Weihnachtsmann und an all das, was Weihnachten bedeutet.« Er lächelte den Doktor an und fragte, was *er* sich zu Weihnachten wünsche.

»Nun gut, ich will Ihnen verraten, was ich mir wünsche«, sprach Dr. Pierce, halb zu sich selbst. »Ich wünsche mir ein Röntgengerät für unser Heim. Es fehlt uns schon seit Jahren.«

»Sie sollen es haben«, sagte Kris.

Der Doktor lächelte. »Wenn ich ein Röntgengerät bekomme, dann *weiß* ich, Sie sind der Weihnachtsmann.«

»Warten Sie's ab, Doktor.«

Kris griff nach einem Spielzeug auf dem Tisch und fing an, daran herumzuwerkeln. Fröhlich paffte er seine Pfeife.

Doch Dr. Pierce machte sich Sorgen. Ein Schatten fiel auf sein freundliches Gesicht, während er Kris bei der Arbeit zuschaute. Er hatte etwas auf dem Herzen – aber er wußte nicht, wie er es sagen sollte. Endlich gab er sich einen Ruck und platzte heraus: »Kris, Sie müssen Maplewood verlassen.«

»Warum?« fragte Kris erstaunt.

Nun ja, versuchte der Doktor zu erklären. Seit Jahren habe er sich deshalb mit der Direktion des Altersheims gestritten.

Jetzt habe man ihn aber überstimmt und einen endgültigen Befehl erlassen. Pierce könne nichts mehr tun für Mr. Kringle.

Der alte Herr verstand noch immer nicht.

»Sehen Sie, Kris, die Gesetze des Staates New York und auch die Vorschriften des Hauses Maplewood bestimmen, daß alte Leute nur bei uns wohnen dürfen, solange sie körperlich *und* geistig gesund sind.«

»Was sollte mir denn fehlen?« fragte Kris. »Sie haben doch selbst gesagt, daß ich körperlich besser in Form bin als neunzig Prozent Ihrer Patienten. Und geistig – nun ja. Habe ich nicht alle Ihre Tests mit Glanz und Gloria bestanden? Hören Sie, ich erinnere mich noch an den letzten!« Und Kris wiederholte die Routinefragen eines einfachen Intelligenztestes. Kein Zweifel, er wußte alle Antworten. Trotz seines Alters hatte Mr. Kringle einen wachen, hellen Kopf, und er besaß ungewöhnlich gute Kenntnisse.

»Ich weiß«, sagte der Doktor leise. »Aber da ist die Sache mit dem Weihnachtsmann. Sie wissen doch – wir haben schon darüber diskutiert.«

»Sie wollen sagen – weil ich Santa Claus bin?«

Der Doktor nickte bedächtig.

»Aber was ist dagegen einzuwenden?« fragte Kris. »Zufällig ist es die Wahrheit!«

»So einfach ist die Sache nicht«, antwortete Dr. Pierce. »Die Direktion glaubt leider nicht an den Weihnachtsmann, Kris. Sie dürfen also – streng nach den Vorschriften – nicht mehr hier wohnen.«

»Also bin ich verrückt, weil die Direktoren nicht an den Weihnachtsmann glauben?«

»So könnte man es ausdrücken«, gestand Dr. Pierce.

Kris überlegte einen Moment. »Und was geschieht als nächstes?« fragte er.

Haus Maplewood, erklärte Dr. Pierce, habe eine Vereinbarung mit dem Mount Hope Sanatorium.

»Was – die Klapsmühle?« explodierte Kris. »Niemals!«

»Aber, was bleibt Ihnen übrig?« fragte Pierce. »Haben Sie Geld?«

Kris blätterte in einem dünnen Sparbuch auf seinem Tisch. Er besaß 34 Dollar und 86 Cents.

»Kris, Sie sind ziemlich alt«, sagte Dr. Pierce. »Sie werden Mühe haben, sich Ihren Lebensunterhalt zu verdienen. Und wenn Sie scheitern, sind Sie ein Fall für die Sozialfürsorge. Wenn man Sie verhaftet, weil Sie behaupten, Sie sind der Weihnachtsmann, schickt man Sie ohnehin nach Mount Hope. Warum nicht lieber gleich dorthin?«

Doch Kris blieb unerschütterlich. Ihm fehlte nichts, verdammt. Er wollte nicht ins Pflegeheim. Und schließlich mußte Dr. Pierce zugeben, daß die Entscheidung wirklich ganz bei Kris lag. Wenn er Maplewood verlassen wollte, konnte niemand etwas dagegen tun. Damit wäre der Fall abgeschlossen, soweit es die Direktion betraf.

Was aber sollte Kris tun? Wie konnte er sich über Wasser halten? Er hatte nicht viel Geld, und wo sollte er wohnen?

»Der Tierwärter im Central Park-Zoo ist ein Freund von mir. Ich werde bei ihm wohnen«, antwortete Kris.

Dr. Pierce drängte ihn, sich die Sache noch einmal zu überlegen. Er solle den Umzug ins Pflegeheim doch philosophisch betrachten. »Sie haben Zeit zum Nachdenken. Wir sprechen noch einmal darüber«, sagte er, schon auf dem Weg zur Tür.

Kris nickte stumm, doch sein Gesicht zeigte Entschlossenheit. Kaum war der Doktor draußen, zerrte er einen großen Koffer aus seinem Schrank und begann eilig zu packen.

Zwei

Der Zoo im Central Park war beinah menschenleer zu dieser frühen Stunde. In einem der Gehege räumte ein Wärter auf, bevor der Strom der Besucher einsetzte. Als ein weißbärtiger alter Mann auftauchte, winkte der Wärter ihm grüßend mit der Schaufel. »Wie geht's, Kris?« rief er.

»Gut, Jim! Besser denn je«, sagte der Alte herzlich. »Und wie geht's meinen alten Freunden?«

»Werden fett und faul«, sagte Jim grinsend. »Und daran bist du schuld!«

Kris lachte und stieß einen Pfiff aus. Aus dem Verschlag gleich hinter ihnen lugte der Kopf eines Rentiers scheu hervor. Dann wieder einer. Der Alte pfiff noch einmal und hielt eine Handvoll Karotten hoch. Im nächsten Augenblick fraßen ihm ein Halbdutzend Rentiere aus der Hand.

Jim stand lächelnd dabei und beobachtete das Schauspiel. Kris hatte eine unheimliche Art mit Rentieren! Seit Jahren fütterte er, Jim, nun diese Geschöpfe, und trotzdem ließen sie ihn nicht in ihre Nähe. Aber Kris fraßen sogar die scheuen Rentier-Kühe aus der Hand. Darüber mußte Jim sich immer wieder von neuem wundern. Es war das Band zwischen ihm und Kris.

»Hör mal, Jim, ich brauche einen Platz zum Schlafen. Könntest du mich ein Weilchen unterbringen?« fragte Kris.

»Aber sicher, Kris, so lange du willst. Platz gibt's genug«, versicherte Jim.

Kris war zufrieden, denn alles war in Ordnung. Fröhlich machte er sich auf den Weg, mit seinem jugendlich schaukelnden Gang. Er hatte kein bestimmtes Ziel – doch es gefiel ihm hier draußen, in der kühlen Winterluft. Gäbe es nur ein bißchen mehr Schnee, dachte er, dann wär's ein perfekter Tag.

Als der alte Herr die westliche Begrenzung des Parks erreichte, blieb er stehen und lauschte mit schiefem Kopf. Seine scharfen Ohren hatten ein erregendes Geräusch aufgefangen. Schwach, aber unverkennbar. Da war eine Blaskapelle in der Ferne, und sie spielte *Jingle Bells.* Irgendwo draußen vor dem Park. Kris machte auf dem Absatz kehrt und lief zielstrebig zum nächsten Ausgang.

In Central Park West, vor allem in den Nebenstraßen, herrschte ein buntes Treiben, als Kris auf dem Schauplatz erschien. Das Durcheinander war unbeschreiblich – denn gleich sollte die Macy-Parade beginnen. Dieser Weihnachts-Festzug, alljährlich vom Kaufhaus Macy's veranstaltet, war der Traum aller Kinderherzen. Oder wenigstens das, was Erwachsene für erfüllte Kinderträume halten. Da waren riesige Luftballons, schwankend im steifen Wind. Keine einfachen Luftballons, sondern überlebensgroß aufgeblasene Märchengestalten. Da gab es Mickymaus, Schneewittchen und Jack, den Riesen-Töter. Da gab es einen Panda-Bären und große Eiswaffeln, drei Stockwerke hoch über der Straße schaukelnd. Die kostümierten Männer, die sie an Seilen festhielten, sahen dagegen aus wie hektische Liliputaner. Auch Sleepy und Grumpy und Dopey und die restlichen der sieben Zwerge waren versammelt. Sie hampelten umher und kletterten auf die breiten Umzugswagen. Fast ein Dutzend Musikkapellen spielten schmetternd die alten Weihnachtslieder.

Verantwortlich für diesen ganzen Rummel schien eine junge Frau zu sein, gut gekleidet und streng geschäftsmäßig. Auf ihrem Block hakte sie eine Reihe von Namen ab. Und Kris hörte, wie die Leute respektvoll sagten: »Jawohl, Mrs. Walker.« Ihr zur Seite stand ein sehr gehetzter Gentleman mit funkelnder Brille und leuchtender Glatze. Dies war Mr. Shellhammer.

Was Kris besonders faszinierte, war der letzte Wagen der Parade. Da war Santa Claus auf seinem Schlitten, bespannt mit acht hölzernen, aber sehr echt nachgemachten Rentieren. Torkelnd und ungeschickt übte der Weihnachtsmann mit seiner Peitsche.

Kris sah geduldig zu, solange er konnte. Dann trat er vor, sagte höflich: »Erlauben Sie mal, Sir?« und nahm ihm die Peitsche aus der Hand. Mit einem einzigen Ruck aus dem Handgelenk ließ er die lange Peitsche fliegen. Das Ende der Schnur knallte lustig, weit vorn, über den Ohren des ersten Rentiers.

»Sehen Sie, aus dem Handgelenk muß es kommen«, sagte er.

Doch Macy's Weihnachtsmann schien nicht beeindruckt. Den Grund dafür verriet sein Atem. Der Mann langte auch schon wieder nach einer Whiskey-Flasche, die er – nicht allzugut versteckt – unter der Kutte trug, und tat einen tiefen Schluck.

Kris war entsetzt. Der Gedanke, daß ein Trunkenbold vor Tausenden gutgläubiger Kinder den Weihnachtsmann spielte, machte ihn wütend. Er wollte diese Mrs. Walker suchen, um lautstark zu protestieren, aber die junge Dame stand plötzlich neben ihm und winkte den Wagen vorwärts. Bevor Kris etwas sagen konnte, schaukelte der Umzugswagen los, und der beschwipste Santa Claus kippte beinah von seinem Schlitten.

Mrs. Walker brauchte nicht lange, um die Situation zu erfassen. Dieser Mann war tatsächlich betrunken – und sie war verantwortlich für das Personal. Sie feuerte ihn auf der Stelle.

»Stellen Sie sich vor, wenn Mr. Macy ihn gesehen hätte!« sagte Mr. Shellhammer erschrocken.

»Stellen Sie sich vor, wenn Mr. *Gimbel* ihn gesehen hätte!« sagte Mrs. Walker – noch erschrockener.

Die ganze Parade war jetzt marschbereit, und es gab keinen Weihnachtsmann. Mrs. Walker und Mr. Shellhammer entdeckten Kris zur gleichen Zeit. Sie stürzten sich auf ihn.

»Möchten Sie Santa Claus sein?« fragte Mrs. Walker.

»Haben Sie etwas Erfahrung?« erkundigte sich Mr. Shellhammer.

Diese Frage belustigte Kris. Sein rundlicher Körper zitterte vor innerem Kichern. »Ja«, sagte er. »Ein bißchen.«

»Dann müssen Sie uns helfen. Bitte!«

»Madam«, antwortete Kris würdevoll, »ich bin es nicht gewöhnt, für falsche Weihnachtsmänner einzuspringen.«

Mrs. Walker flehte und bettelte, doch der alte Herr blieb fest. Nicht einmal Geld schien ihn zu interessieren.

»Nun ja, wir können die Parade nicht länger aufhalten«, sagte Mr. Shellhammer. »Dann gibt es diesmal eben keinen Weihnachtsmann!«

Kris überblickte die Menge der Kinder, die in aufgeregter Erwartung die Straßen säumten. Und er erkannte, daß ihm nichts anderes übrigblieb. Er konnte diese freudigen Gesichter nicht enttäuschen.

»In Ordnung«, sagte er und überreichte Mr. Shellhammer seinen Stock und seinen Hut. »Geben Sie mir das Kostüm. Ich mach's!«

Minuten später war Kris die Hauptperson der Parade, die sich nun die Avenue hinunterwälzte. Er lächelte und winkte den Tausenden von Kindern zu, er ließ die Peitsche knallen und hatte den größten Spaß seines Lebens.

Drei

Nachdem die Parade endlich abmarschiert war, kehrte Doris Walker – erschöpft und halb erfroren – in ihre Wohnung am Central Park West zurück. Die Parade zog direkt vor ihrem Haus vorbei, aber Doris drängte sich durch die Menschenmenge und trat durch die Tür, ohne sich einmal umzublicken. Wäre es nach ihr gegangen, sie hätte nie wieder eine Parade zu sehen brauchen. Das einzige, was sie jetzt brauchte, war eine heiße Badewanne.

Doris öffnete die Tür zu ihrer kleinen und streng modern eingerichteten Wohnung und rief: »Susan – Susan!«

Es kam keine Antwort. Doch Cleo, die Haushälterin, reckte den Kopf aus der Küche und sagte, daß Susan bei »Onkel« Fred sei, um die Parade anzuschauen.

Doris lief an ihr Wohnzimmerfenster und schaute hinaus. Der einzige Ausblick aus ihrer Wohnung ging – quer über den Hof – direkt auf die Hinterfenster der vorderen Wohnungen. Doris klopfte laut an die Fensterscheibe, und gleich darauf erschien Fred am Fenster gegenüber. Sie winkten sich zu, und Doris rief, sie werde gleich hinüberkommen.

»Onkel« Fred war gar nicht verwandt mit Susan. Fred Gayley, jung und gutaussehend, war Rechtsanwalt in einer der ältesten Anwaltskanzleien der City. Als Nachbarn waren er und die kleine Susan dicke Freunde geworden, und daraus entwickelte sich auch eine angenehme und flüchtige Bekanntschaft zwischen Fred und Doris. Sie war viel flüchtiger, als Fred es sich wünschte. Doch Doris' erste Ehe hatte mit einer Scheidung geendet. Weil sie sich hartnäckig weigerte, darüber zu sprechen, ahnte Fred, daß die Ehe für sie eine bittere Enttäuschung gewesen war. Auf jeden Fall schien sie entschlossen, allen neuen Komplikationen aus dem Weg zu gehen. Sie war ganz freundlich zu Fred, aber die wahre Doris kam niemals aus ihrem Schneckenhaus – auch nicht für einen flüchtigen Augenblick.

Freds Wohnung blickte direkt auf Central Park West, und aus den Fenstern hatten er und Susan – ein ziemlich ernstes Kind von sechs Jahren – die beste Aussicht auf die fröhliche, bunte Parade. Schmetternde Blasmusik und Kinderjubel erfüllten die Luft. Aber Fred war viel aufgeregter als seine kleine Freundin. Als eine der großen Ballon-Figuren am Fenster vorbeischwebte, rief er begeistert: »Das ist Jack, der Riesen-Töter, nicht wahr? Und schau nur, der große Kerl dort – das ist der Riese!«

»Natürlich«, sagte die kleine Susan, »gibt es in *Wirklichkeit* keine Riesen.«

»Heute vielleicht nicht mehr, Susan – aber in alten Tagen...«

Susan schüttelte fest den Kopf. »Manche Menschen werden sehr groß. Aber das ist unnormal. Mommy hat's mir gesagt.«

Fred beobachtete die Kleine ein Weilchen, während sie gleichgültig die Parade anschaute. Er konnte sich nicht helfen, aber sie tat ihm leid. Gewiß, sie war intelligent und gebildet – vielleicht allzu gebildet für ein Kind ihres Alters – aber sie hatte nichts Fröhliches an sich. Spaß war ein Fremdwort für Susan.

»Vielleicht hat deine Mutter recht«, sagte Fred mutlos. »Aber ich, jedenfalls, glaube an Riesen!«

Als Doris hereinkam, begann sie gleich mit einem ausführlichen – und spöttischen – Bericht über ihre Schwierigkeiten mit dem besäuselten Santa Claus. Fred versuchte sie mit stummen Gebärden und Grimassen zum Schweigen zu bringen. Doch es war zwecklos. Endlich, und unter dem Vorwand, Kaffee kochen zu wollen, schleppte er Doris in seine Küche und flehte sie an, all diese desillusionierenden Tatsachen doch nicht vor ihrer Tochter auszubreiten.

Doris aber hatte bestimmte Vorstellungen über die Erziehung von Kindern. Sie glaubte ausschließlich an Realität und Wahrheit. Susan sollte nicht verführt werden, an Märchen und Mythen zu glauben – oder zum Beispiel an den Weihnachtsmann.

»Warum nicht?« fragte Fred. »Was kann es schaden?«

»Die Kinder wachsen in dem Glauben auf, das Leben sei ein Märchen – und nicht die Wirklichkeit«, antwortete Doris. »Unbewußt warten sie darauf, daß ein Märchenprinz kommt. Und wenn er dann kommt, und es zeigt sich...«

»Sieh mal, Doris«, sagte Fred sehr sanft. »Du hattest eine schlimme Zeit – das will ich gar nicht leugnen. Du hast jemanden geliebt, und du hast ihm vertraut, und eines Tages bist du aufgewacht und hast erkannt, wie sehr du dich getäuscht hattest. Aber alle Männer sind nicht so. Ich glaube nicht, daß Susan einmal glücklich werden kann, wenn sie denkt wie du.«

Doris wandte sich ab. Freds Offenheit hatte ins Ziel getroffen.

»Tut mir leid«, sagte er, »aber ich habe recht, Doris.« Er trat einen Schritt näher. »Und ich wünschte nur, du würdest mir die Chance geben, dir zu beweisen, daß ich wirklich ein Mann bin, wie du ihn dir – hm, erhofft hattest.«

»Ich habe mir *einmal* die Finger verbrannt«, antwortete Doris leise.

Sie ging ins Wohnzimmer zurück. Fred folgte ihr – mit hoffnungslosem Schulterzucken.

Vier

Zeitig am nächsten Morgen, geschäftsmäßig und elegant, eilte Mrs. Walker in ihr Büro in der 34. Straße. Kris wartete dort bereits auf sie. Doris war Personal-Chefin bei Macy's. Und Mr. Shellhammer, Leiter der Spielwarenabteilung, hatte den Vorschlag gemacht, Kris Kringle einen festen Job als Macy's Weihnachtsmann zu geben. Denn Kris hatte mächtigen Erfolg gehabt bei der Parade und den anschließenden Festlichkeiten. Er war bei weitem der echteste Santa Claus, den sie jemals gehabt hatten. Mr. Shellhammer war ganz begeistert. Dieser Mann war unglaublich überzeugend. Er würde den Umsatz der Spielwarenabteilung gewaltig steigern.

Kris sagte Doris, er würde den Job sehr gerne annehmen. Doris war froh, daß sie dieses Jahr eine Sorge weniger hatte. Der Weihnachtsmann war immer ein Problem gewesen.

Der Lohn und andere Details schienen Kris nicht zu interessieren. Doris klingelte nach ihrer Sekretärin, Miss Adams, die ihn in ihr Büro führte und ihm einen Personal-Bogen zum Ausfüllen gab. Kris setzte sich und schrieb mit seiner klaren Schönschrift:

NAME: Kris Kringle
ADRESSE: Haus Maplewood, Great Neck, Long Island
ALTER: So alt wie meine Zunge und ein bißchen älter als meine Zähne.

Er gab Miss Adams den Fragebogen. Sie überflog ihn hastig, und rannte wieder in Mrs. Walkers Büro. »Vielen Dank, Mr. Kringle. Mr. Shellhammer erwartet Sie.«

Mr. Shellhammer führte Kris in die Garderobe und zeigte ihm sein Weihnachtsmann-Kostüm. Während Kris sich umkleidete, reichte er ihm eine Liste aller Waren in der Spielzeugabteilung. Angekreuzt waren alle Artikel, für die in diesem Jahr besonders Werbung gemacht werden sollte.

Kris nickte verständnisvoll. Aus seinen knappen Antworten klang heraus, daß er die Spielsachen von Macy's erstaunlich gut zu kennen schien.

Mr. Shellhammer betonte ausdrücklich die Tatsache, daß Kris – falls ein Kind nach einem Spielzeug fragte, das sie nicht führten – einen von den angekreuzten Artikeln anpreisen sollte.

Mr. Kringle nickte stumm – beinah verbissen. Er wußte genau, was Mr. Shellhammer meinte. Kaum war dieser gegangen, zerfetzte Kris die Liste in sehr kleine Stücke.

Und dann thronte Kris auf seinem Podium. Vor sich die lange Schlange der Kinder, die kaum erwarten konnten, ihn aus der Nähe zu sehen. Und viele Eltern bemerkten, wie echt dieser Santa Claus aussah. Alles schien in bester Ordnung. Mr. Shellhammer schaute aus seinem Büro und strahlte.

»Und was wünschst du dir zu Weihnachten?« fragte Kris,

während ein kleiner Junge auf seinen breiten Schoß kletterte.

»Ich wünsche mir ein Feuerwehrauto«, antwortete der Kleine. »So eines mit echten Schläuchen, das echtes Wasser spritzt. Und ich verspreche dir, ich werde niemals im Haus herumspritzen – nur auf dem Hof.«

Hinter dem Jungen stand seine Mutter. Mit hektischen Gesten bedeutete sie Kris, dem Jungen kein solches Feuerwehrauto zu versprechen.

Doch Kris achtete nicht auf sie. »In Ordnung, mein Sohn«, sagte er. »Ich bin sicher, du warst das ganze Jahr ein braver Junge. Du sollst es haben.«

Beglückt krabbelte das Kind von seinem Schoß. Jetzt war es an der Mutter, ein ernstes Wort zu sagen. Sie kochte innerlich vor Wut – doch sie sprach leise, damit der Junge es nicht hörte.

»Warum haben Sie das gesagt? Es gibt keine solchen Feuerwehrautos. Ich habe überall gesucht.«

»Oh, sicher, es *gibt* sie«, antwortete Kris. »Und zwar bei der Acme Toy Company, in der 26. Straße. Sie kosten acht Dollar fünfzig das Stück. Ein wirklich günstiger Preis!«

Die Frau war sprachlos vor Staunen. Wollte Macy's Weihnachtsmann sie tatsächlich in ein anderes Kaufhaus schikken?

Tatsächlich, antwortete Kris, das wollte er. Und er fand gar nichts Besonderes dabei. Die Hauptsache war doch, daß die Kinder glücklich waren. Und ob Macy's oder Acme die Spielsachen verkauften – das war kein großer Unterschied.

Und Kris machte weiter so, während ein Kind nach dem anderen auf seine Knie kletterte. Sein einziger Gedanke galt den Kleinen. Er wollte, daß jeder Junge und jedes Mädchen zu Weihnachten bekommen würden, was sie sich wünschten. Falls die Spielsachen zu teuer schienen oder es sie bei Macy's nicht zu kaufen gab, erzählte Kris der Mutter, wo sie eine weniger teure Eisenbahn für Johnny bekommen konnte oder genau die richtige Puppe für Judy finden würde. Die Eltern waren jedesmal begeistert und überrascht.

Leider hörte Mr. Shellhammer zufällig, wie Mr. Kringle einer Mutter den Rat gab, die Schlittschuhe für ihren kleinen Jungen bei Gimbel's zu holen. Bei *Gimbel's,* um Gottes willen!

Mr. Shellhammer erlitt einen leichten Schock. Kaum hatte er sein Gleichgewicht wiedergefunden, rannte er los in Doris Walkers Büro. Er war entschlossen, diesen Kringle sofort zu feuern. Es war einfach unvorstellbar! Falls Mr. Macy davon erfuhr – Gott der Herr mochte wissen, was dann passierte!

Doch auf dem Weg durch die Flure des Kaufhauses wurde er immer wieder von dankbaren Müttern angehalten. Sie wußten ihm nicht genug zu danken für diesen wunderbaren Kundendienst! Statt ausschließlich an den Profit zu denken, wollte der Weihnachtsmann von Macy's den Eltern tatsächlich helfen! Wie wunderbar! Die wahre, echte Weihnachtsstimmung! Das würden sie nie vergessen. In Zukunft würden sie Macy's als Kunden treu bleiben. Mr. Shellhammer wurde nachdenklich. Er machte kehrt und ging zurück in sein Büro, wo er stapelweise Dankesbriefe fand. Mr. Shellhammer setzte sich an seinen Schreibtisch und überlegte. Vielleicht war seine erste Reaktion falsch gewesen?

»Ich denke, es ist eine wunderbare Idee!« rief seine Sekretärin, die ihm einen neuen Stapel Dankesbriefe auf den Tisch legte.

»So denken Sie, und die Mütter der Kinder denken so«, sagte er traurig. »Aber, wird Mr. Macy *auch* so denken?«

Er drehte die Augen beschwörend zur Decke, aber von dort kam auch keine Antwort.

Fünf

Fred hatte eine Verabredung. Er wollte an diesem Nachmittag mit der kleinen Susan ausgehen. Da er sich Sorgen über ihre altkluge Art machte, hatte er einen schlauen Plan ersonnen. Er wollte mit Susan den neuen Weihnachtsmann bei Macy's besuchen. Dieser gütige alte Herr würde ihr wohl einen Weihnachtswunsch aus der Nase ziehen. Und Fred wollte dafür sorgen, daß sie ihr Geschenk unter dem Weihnachtsbaum fand. Vielleicht würde Susan dann endlich an Santa Claus glauben – oder doch wenigstens lernen, ein wenig zu staunen.

Fred schaffte es, zu Kris vorzudringen und ihn in seinen Plan einzuweihen. Doch als Susan die Spitze der wartenden Schlange erreichte und Kris sie auf seinen Schoß nahm, wollte sie sich nichts zu Weihnachten wünschen. Was immer sie haben wollte, würde die Mutter ihr kaufen, sagte sie. Vorausgesetzt, es war nicht zu teuer. Sie sagte zu Kris, er sei nur der nette alte Herr, den ihre Mutter angeheuert hatte, die Rolle des Weihnachtsmannes zu spielen.

»Sie *sind* ein bißchen besser als die meisten anderen«, gab

Susan am Schluß großzügig zu, »jedenfalls scheint Ihr Bart echt zu sein.«

Er sei echt, antwortete Kris. Und er selbst sei *ebenfalls* echt.

Aber er konnte nichts ausrichten bei diesem Kind. Kris war verblüfft und besorgt. Hier war wieder mal ein Beispiel dafür, wie weit es gekommen war mit dieser Welt.

Wie das Schicksal es wollte, kam Doris eben aus ihrem Büro. Eilig schritt sie zur Rolltreppe, warf zufällig einen Blick zum Podium hinauf – und blieb wie angewurzelt stehen. Dort saß ihre Tochter auf Santa Claus' Schoß!

Fred sah sie kommen und machte ein schuldbewußtes Gesicht. Aber es gab keine Szene. Doris war kurz und bestimmt. Rasch zerrte sie Susan fort von Kris und setzte sie auf einen Stuhl neben ihrem Büro. Dann bat sie Fred zu sich herein.

Von ihrem Platz aus beobachtete Susan, wie Kris ein kleines, goldblond bezopftes Mädchen auf seinen Schoß hob. Die Kleine war, wie ihre Pflegemutter Kris erklärte, vor kurzem erst aus einem Waisenhaus in Holland eingetroffen. Sie sprach noch kaum ein Wörtchen Englisch. Aber mit großen Augen beharrte das Kind, daß »Sinterklass«, wie es ihn nannte, natürlich Holländisch verstand. Zutraulich schwatzte das Mädchen drauflos, und die Verlegenheit ihrer Mutter war offensichtlich. Sie versuchte, dem Kind die Situation zu erklären, doch Kris hob abwehrend die Hand. Und als das Mädchen fertig war, antwortete er fließend auf Holländisch.

Das helle Licht, das plötzlich in den Augen des kleinen

Mädchens strahlte, verfehlte nicht seine Wirkung auf Susan. Sie sprang auf und lauschte gebannt, wie Kris mit dem Mädchen zusammen ein holländisches Weihnachtslied sang.

Dieser Weihnachtsmann schien wirklich sehr echt. Und Susan war ganz verwirrt.

Doris, in ihrem Büro, kam gleich zur Sache. Sie danke ihm für sein freundliches Interesse an ihrer Tochter, sagte sie zu Fred. Dennoch sei *sie* allein verantwortlich für Susan. Sie wolle das Kind erziehen, wie sie es für richtig hielt. Und ob Fred ihr beipflichte oder nicht – jedenfalls verlange sie, daß er ihre Wünsche hinsichtlich ihrer Tochter respektiere.

Fred steckte die Schelte ein, die er – wie er wußte – verdiente. Er versprach, daß solch ein Zwischenfall sich nicht wiederholen würde – wenn er nur weiterhin mit Susan befreundet sein durfte. Sehr zerknirscht sagte er gute Nacht zu Doris und Susan und ging.

Kaum war Susan allein mit ihrer Mutter, begann sie Fragen nach Mr. Kringle zu stellen. Und Doris erklärte ihr geduldig, daß er nur ein Angestellter des Kaufhauses sei. Genau wie der Pförtner oder der Fahrstuhlführer und alle anderen.

»Ja, ich weiß«, sagte Susan. »Doch als er Holländisch sprach und mit dem kleinen Mädchen, Mutter...«

»Susan, ich spreche Französisch«, sagte Doris nachsichtig. »Aber das macht aus mir noch lange keine Jeanne d'Arc.«

Susan war nicht überzeugt. Ein kleiner Zweifel nagte noch

immer an ihrem Herz. Hatte dieser Mr. Kringle nicht solch ein seltsames Funkeln in den Augen?

Um ihrer Tochter Klarheit zu verschaffen, ließ Doris sofort Kris holen. Er trat ein, mit einem fröhlichen Augenzwinkern und einem Lächeln für Susan.

»Sie sind Angestellter in diesem Kaufhaus, nicht wahr?« fragte sie ihn.

Kris nickte, leicht überrascht, mit dem Kopf.

»Und Sie sind natürlich nicht Santa Claus – denn es gibt natürlich keinen Weihnachtsmann!«

»Tut mir leid, da muß ich Ihnen widersprechen, Mrs. Walker«, antwortete Kris. »Aber natürlich gibt es den Weihnachtsmann, und ich bin jederzeit bereit, es zu beweisen!«

Susan riß weit die Augen auf. Und ihre Mutter blickte verärgert. »Nein, nein, Sie verstehen mich nicht«, sagte sie. »Ich verlange von Ihnen, daß Sie vor diesem Kind völlig ehrlich sind.«

»Aber ich *bin* völlig ehrlich!« sagte Kris.

Doris machte einen neuen Anlauf. »Wie heißen Sie?« fragte sie ihn.

»Kris Kringle.«

Doris fischte Kris' Personal-Bogen aus einem Aktenstapel auf ihrem Schreibtisch. Sie las – und erstarrte plötzlich.

»Brauchen Sie noch eine Auskunft von mir?« fragte er.

Doch Mrs. Walker bekam es jetzt mit der Angst zu tun. »Nein – nein – danke!« sagte sie atemlos und schob Susan aus ihrem Büro. Dieser Mann glaubte tatsächlich, er sei der Weihnachtsmann! Dieses »Schmuckstück«, das sie gefunden hatte, konnte sich jederzeit als gefährlicher Typ erweisen! Gewiß, er wirkte freundlich und harmlos. Doch wer konnte wissen, wie er vielleicht schon morgen reagieren würde? Und er war den ganzen Tag mit unzähligen Kindern zusammen! Ein Wunder, daß noch nichts passiert war. Sie war gerade noch rechtzeitig aufmerksam geworden.

Ruhig aber bestimmt sprach sie Kris die Kündigung aus. Sie wünsche keine Probleme. Sie sei bereit, ihm zwei Wochen lang seinen Lohn zu zahlen.

Dem alten Herrn schien es nichts auszumachen. Er schien einzig besorgt um Doris und um die kleine Susan. Er benahm sich, als sei es Doris, um deren Geisteszustand man sich kümmern müsse.

Als Mr. Kringle durch die Tür verschwunden war, schellte das Telefon. Mr. Macy persönlich wünschte Doris sofort zu sprechen!

Mit Furcht und Zagen betrat sie das Allerheiligste. Ob Mr. Macy schon herausgefunden hatte, daß Doris einen armen Irren engagiert hatte? Und als sie Shellhammer vor Mr. Macy stehen sah, setzte ihr Herz gleich noch einmal für ein paar Takte aus.

Verwundert hörte sie, daß Macy ihnen beiden gratulierte. Die Nachricht von diesem Mr. Kringle, der allen Kunden so wunderbare Ratschläge gab, hatte den Chef des Kaufhauses bereits erreicht. Mr. Macy ertrank in der Flut von Telegrammen, Telefonaten und Dankesbriefen von glücklichen Eltern. Es war die beste Werbeidee, auf die das Kaufhaus jemals verfallen war. Ach, es war revolutionär! Ein Santa

Claus bei Macy's, der einfach Kunden fortschickte – und zwar zu Gimbel's! Die Wirkung war phänomenal. Mr. Macy wollte die neue Idee in seinem ganzen Kaufhaus einführen: »Das Kaufhaus mit der wahren Weihnachtsstimmung«. Es sei gewaltig, sagte er. Ein völlig neuer Weg der Umsatzförderung, und Macy's würde den Löwenanteil ernten. Man müsse diesen Santa Claus um jeden Preis behalten! Vielleicht könne man, nach den Feiertagen, sogar einen anderen Job für ihn finden. Mr. Macy war ganz begeistert. Er stellte Doris und Shellhammer eine Gehaltserhöhung in Aussicht.

Draußen, vor dem Büro des Chefs, erklärte Doris mit kleinlauter Stimme Shellhammer die neue Situation: Sie habe den wunderbaren Weihnachtsmann soeben gefeuert. Der Alte sei eindeutig verrückt.

Mr. Shellhammer explodierte. Sie müßten Mr. Kringle sofort wiederfinden. Bevor er das Kaufhaus verließ. Sonst wäre alles verloren!

Doris sagte, sie könnten doch einen anderen Weihnachtsmann anheuern und trotzdem die neue Werbeidee verwirklichen.

Doch Mr. Macy habe bereits einen Enkelsohn mitgebracht, um ihm Mr. Kringle zu zeigen, sagte Mr. Shellhammer. Der sei enorm beeindruckt gewesen. Sie müßten Kringle wiederfinden – und zwar um jeden Preis!

Nach einer hektischen Suche entdeckte Doris endlich Kris Kringle im Personal-Fahrstuhl. Sie habe sich alles noch einmal überlegt, sagte sie. Er könne doch seinen Job behalten.

Zu ihrem Entsetzen lehnte Kris höflich ab. »Ich fürchte,

Ihre Einstellung gefällt mir nicht«, sagte er frei heraus. »Und Mr. Shellhammers Einstellung auch nicht!«

Mit übersprudelnden Worten versuchte Doris ihm zu erklären, welch eine Sensation seine Hilfsbereitschaft und Freundlichkeit ausgelöst hatte. »Sie *müssen* bleiben und weiterhin guten Willen verbreiten! Ach, sogar Mr. Macy...«

Aber Kris blieb unerbittlich. Hatte nicht Mrs. Walker ihren Zweifel deutlich genug bewiesen? Er jedenfalls hatte genug.

Als Doris jetzt zu weinen anfing und ihm erklärte, sie würde ihren Job verlieren, änderte sich Kris Kringles Haltung. Falls es sich so verhielt, sagte er, würde er natürlich bleiben. Er könne doch nicht erlauben, daß Mrs. Walker ihren Job verlor – ausgerechnet vor Weihnachten. »Denken Sie nur, was das für Ihre kleine Tochter bedeuten würde!« sagte er.

Kris hatte längst erkannt, daß Doris und ihre kleine Tochter Susan nichts anderes waren als unglückliche Produkte ihrer Zeit. Sie waren eine echte Herausforderung für ihn – so etwas wie ein Test-Fall für den Weihnachtsmann. Falls er sie überzeugen konnte, falls er sie dazu brachte, an ihn zu glauben – dann gab es noch Hoffnung. Falls nicht, dann war es vorbei mit dem Weihnachtsmann und mit allem, was er bedeutete.

»Wissen Sie, Mrs. Walker«, sagte er, »seit fünfzig Jahren mache ich mir große Sorgen um Weihnachten. Mir scheint, wir alle sind so eifrig damit beschäftigt, unsere lieben Nächsten mit immer schnelleren und schöneren und preisgünstigeren Dingen zu übertreffen, daß ich und Weihnachten irgendwie in der Hektik untergehen.«

»Oh, das glaube ich nicht«, sagte Doris. »Weihnachten ist immer noch Weihnachten.«

»Nein«, sagte Mr. Kringle kopfschüttelnd. »Weihnachten ist kein Tag wie jeder andere. Weihnachten ist eine Geisteshaltung. Und die hat sich sehr verändert. Darum bin ich froh, daß ich hier bin und etwas dagegen tun kann.«

Doris konnte nicht anders – sie war beeindruckt von Mr. Kringles Güte und Herzlichkeit. Sie schloß den alten Herrn in ihr Herz, auch wenn er ein bißchen wunderlich war.

Sechs

Am nächsten Morgen saß Kris wieder auf seinem Podium – und alle waren glücklich. Die Schlange der wartenden Kinder war länger denn je. Kris war bereits eine Berühmtheit geworden. Von Mund zu Mund verbreitete sich die Nachricht von diesem freundlichen alten Herrn bei Macy's.

An Doris' Herz nagten noch immer Zweifel und Sorgen. Immerhin hatte *sie* den Mann eingestellt. Wenn er auch noch so harmlos zu sein schien. Gewiß hatte er seine Wahnvorstellung, und vielleicht war er eben *nicht* harmlos...

Jedenfalls wollte sie sich vergewissern. Noch einmal studierte sie seinen Personal-Bogen. Adresse: Haus Maplewood, Great Neck, Long Island, stand dort geschrieben. Nur aus Neugier schlug Doris im Telefonbuch nach. Überrascht fand sie heraus, daß dort tatsächlich ein solches Haus verzeichnet war. Einigermaßen erleichtert wählte sie die Nummer.

Was sie erfuhr, war wenig hilfreich. Ja, doch, ein Mr. Kringle hatte hier gewohnt, war aber ausgezogen. Irgendwelche Fragen zu seiner körperlichen und geistigen Gesundheit müßten mit Doktor Pierce geklärt werden, dem Hausarzt des Altersheimes. Aber auch Doktor Pierce war an diesem Tag nicht da.

Doris hinterließ eine Nachricht für Doktor Pierce, er solle sie anrufen. Dann hängte sie den Hörer auf, besorgter denn je. Zögernd, und irgendwie als letzten Ausweg, rief Doris Mr. Sawyer zu sich.

Albert Sawyer war der Experte für Psychologie und Berufsberatung in Macy's Kaufhaus. Er war ein großspuriger kleiner Mann, der absolut alle Antworten auf alle Fragen wußte.

Vielleicht fiel die Angelegenheit nicht direkt in sein Fach, gab Doris zögernd zu bedenken, doch Mr. Sawyer versicherte ihr, er sei genau der richtige Mann für diese Sache. Hatte er nicht ein dickes Buch über Geisteskrankheiten geschrieben? Er wäre glücklich, sagte er, diesen Burschen zu interviewen und Doris seine Meinung mitzuteilen.

Also wurde Kris in Mr. Sawyers Büro geholt, und Sawyer fing an, ihn zu »untersuchen«. Intelligenztests waren nichts Neues für Mr. Kringle. Er kannte sie alle auswendig. Er hatte sie dutzendemale bestanden, und zwar mit Glanz und Gloria.

Mr. Sawyers Fragen waren genau wie alle anderen. Wie hieß der erste Präsident der Vereinigten Staaten? Wieviel war drei mal fünf? Kris beantwortete alles, so geduldig er konnte. Doch Sawyers Überheblichkeit störte den alten Herrn gewaltig, und der bellende Ton, in dem die Fragen gestellt wurden, ging Kris sehr auf die Nerven. Wie wären seine Augen? Und sein Gehör? War sein Gedächtnis auch in Ordnung? Und so weiter, und so fort.

Jetzt hob Sawyer drei Finger und hielt sie Kris vor die Nase. »Wie viele Finger sehen Sie?« fragte er.

»Drei«, antwortete Kris. »Und ich sehe, daß Sie ihre Fingernägel kauen. Sie sind nervös, Mr. Sawyer, nicht wahr? Schlafen Sie gut in der Nacht?«

»Das geht Sie überhaupt nichts an«, bellte Sawyer. »Wieviel ist drei mal fünf?«

»Fünfzehn«, sagte Kris. »Das haben Sie mich schon mal gefragt. Nervöse Gewohnheiten wie die Ihren sind oft ein Zeichen von innerer Unsicherheit. Sind Sie glücklich mit Ihrer Familie, Mr. Sawyer?«

Das war mehr, als Sawyer ertragen konnte. Kris hatte offenbar seinen wunden Punkt getroffen.

»Das genügt, Mr. Kringle«, sagte er kalt. »Sie können gehen.«

»Danke«, sagte Kris, und stand auf. »Nehmen Sie's leicht, Mr. Sawyer. Gehen Sie an die frische Luft. Turnen Sie mal. Entspannen Sie sich.«

Doris kehrte von ihrer Mittagspause zurück und traf Doktor Pierce, der sie schon erwartete. Sie war erfreut, ihn kennenzulernen. Es lag etwas Beruhigendes in seiner stillen, offenen Art. Er war gekommen, um über Mr. Kringle zu sprechen.

Er habe Kris' Bild in der Zeitung gesehen, erzählte Doktor Pierce. Und er sei erfreut, daß der alte Herr diesen Job gefunden hatte. Es gäbe jedoch ein paar Dinge zu klären, die Doris unbedingt wissen sollte. Kris habe gewisse Eigenheiten.

»Ja!« sagte Doris. »Das haben wir festgestellt.«

»Er ist aber völlig harmlos«, versicherte Doktor Pierce. »Es gibt Tausende von Menschen, die ähnliche Wahnvorstellungen haben – und ein ganz normales Leben führen. Zum Beispiel jener Bursche, der glaubt, er sei ein russischer Prinz. Man hat ihm tausendmal das Gegenteil bewiesen – doch nichts kann seine Geschichte erschüttern. Und sehen Sie, er ist ein erfolgreicher und hoch geachteter Hotelier in Hollywood!«

Der Doktor kannte und liebte Kris seit langer Zeit. Alle Befürchtungen seien absolut unbegründet, versicherte er Doris. »Mr. Kringle ist unfähig, jemandem ein Leid anzutun«, sagte er. »Seine Wahnvorstellung ist gutartig. Er will nichts anderes, als freundlich und hilfsbereit sein.« Der Doktor machte sich einzig Sorgen um die Gesundheit des alten Herrn. Er wollte wissen, ob es Kris auch wirklich gut ging.

»Es wäre besser, glaube ich, wenn jemand ihn im Auge behielte... Ich meine, am Feierabend. Wissen Sie, Kris ist ein sehr alter Mann. Und ich möchte mir nicht vorstellen müssen, daß er am Abend allein durch New York City wandert.«

Doris war dankbar und erleichtert. Sie versprach Doktor Pierce, daß sie sich darum kümmern wolle.

Mr. Sawyers Stirn war finster umwölkt, als er mit Mr. Shellhammer in Mrs. Walkers Büro eintrat. »Dieser Mann leidet eindeutig an einer fixen Idee«, erklärte Sawyer.

Das wußte Doris bereits. Aber der Doktor aus Maplewood hatte sie überzeugt, daß Kris Kringle ganz lieb und harmlos sei.

Sawyer allerdings war nicht davon überzeugt. Nach einer einzigen Untersuchung, sagte er, könne man niemals sicher sein. »Fälle wie dieser werden oft gewalttätig, wenn sie ihre Wahnvorstellung bedroht sehen.« Immerhin habe Mr. Sawyer ein dickes Buch über solche Fälle geschrieben. Sollte der Mann seinen Job im Kaufhaus behalten, dann könne er – Sawyer – keine Verantwortung übernehmen.

Doris sagte, *sie* würde die Verantwortung übernehmen. Sie sei sicher, daß Doktor Pierce wußte, wovon er sprach.

Sawyer erhob sich und sagte im Gehen: »Ich warne Sie, Mrs. Walker, ich wasche in dieser Angelegenheit meine Hände in Unschuld. Falls dieser Mann gewalttätig wird, falls irgend etwas passiert, liegt die Verantwortung ganz allein bei Ihnen!«

Trotz dieser Warnung waren Doris und Shellhammer sich einig, daß ihre Sorgen, was Mr. Kringle betraf, vorbei waren. Jetzt mußte nur noch jemand den alten Herrn im Auge behalten – ihn sozusagen in seine Obhut nehmen.

»Ich finde, das ist eine großartige Lösung«, sagte Mr. Shellhammer. »Und Sie sind natürlich *genau* die richtige Frau für diese Aufgabe, Mrs. Walker.«

»O nein«, sagte Doris, und schüttelte den Kopf. »Ich lebe

allein, mit meiner kleinen Tochter. Wie könnte ich einen alten Herrn bei mir aufnehmen?«

»Nun«, sagte Shellhammer nachdenklich, »mein Sohn studiert in einer anderen Stadt. Wir haben eigentlich ein Zimmer frei.«

»Das ist ja wunderbar!« rief Doris.

Aber Shellhammer hob die Hand. »Ich muß zuerst mit meiner Frau sprechen«, sagte er. »Und das könnte ein Weilchen dauern. Wissen Sie was? Sie nehmen ihn heute mit zum Abendessen. Ich spreche inzwischen mit meiner Frau und rufe Sie später an.«

Und so wurde es vereinbart.

Sieben

Trotz allem, was Doktor Pierce gesagt hatte, dachte Doris ein wenig besorgt an den Abend. Das gemeinsame Essen mit Mr. Kringle würde eine Tortur werden, fürchtete sie. Vorsorglich rief sie Fred an und lud ihn zum Essen ein – als Beschützer, sozusagen.

Fred nahm die Einladung freudig an, besonders als er erfuhr, wer der Ehrengast sein würde. Er stiftete auch den Hauptgang – ein herrliches Stück Rentierfleisch, das ein Freund in der Kanzlei ihm geschenkt hatte.

Cleo hatte das Wild auf besondere Art zubereitet, und es sah wirklich verlockend aus, doch Mr. Kringle konnte keinen Happen anrühren. Er entschuldigte sich vielmals.

»Nicht, daß ich Vegetarier wäre«, erklärte er. »Ich liebe Steak oder Schweineschnitzel oder Hammelkotelett, wissen Sie. Aber Rentierfleisch – nein, ich kann einfach nicht!«

Tatsächlich schien Kris ein wahrer Feinschmecker zu sein. Er schwärmte von mancherlei Leibgerichten und von der Art ihrer Zubereitung. Anscheinend hatte er sich sein rundes Bäuchlein ehrlich erworben – in vielen Jahren herzhaften Schlemmens. Das Abendessen verlief alles in allem viel besser, als Doris erwartet hatte.

Fred und Doris halfen Cleo mit dem Geschirr, und Mr. Kringle ergriff die Gelegenheit zu einem Schwätzchen mit Susan. Während des ganzen Abendessens hatte er ihr ernstes Gesicht beobachtet und auf diese Chance gehofft.

Auch Susan hatte den alten Herrn beobachtet. Er gab ihr große Rätsel auf. Natürlich wußte sie, daß ihre Mutter recht hatte. Mr. Kringle konnte nicht Santa Claus sein – denn der Weihnachtsmann war nur ein albernes Märchen. Und doch war Mr. Kringle anders als alle Weihnachtsmänner, die sie bislang gesehen hatte. Sein Gespräch mit dem kleinen holländischen Mädchen hatte tiefen Eindruck auf sie gemacht. Und als er ihrer Mutter sagte, daß er tatsächlich der Weihnachtsmann sei, war er ihr gar nicht albern vorgekommen. Sie wußte, es konnte nicht stimmen. Aber insgeheim hoffte sie, daß es dennoch so war.

»Und was für Spiele spielst du mit anderen Kindern?« wollte Mr. Kringle wissen.

Susan spielte nicht oft mit den anderen, sagte sie ihm. Ihre Spiele waren so albern.

»Was für Spiele?« fragte Kris.

»Na, heute haben sie ›Zoo‹ gespielt«, sagte Susan verächtlich. »Alle waren Tiere. Sie fragten mich, was für ein Tier ich sein wollte. Ich wollte kein Tier sein, darum hab ich nicht mitgespielt.«

»Warum hast du ihnen nicht gesagt, du wärst ein Löwe oder ein Bär?«

»Weil ich *kein* Löwe bin. Ich bin ein kleines Mädchen«, sagte Susan tonlos.

»Aber die anderen Kinder waren auch keine Tiere. Sie taten nur so.«

»Das ist's ja, was ihre Spiele so albern macht.«

»Ich finde sie gar nicht albern«, sagte Kris. »In Wirklichkeit macht das Spielen viel Spaß, wenn du zu spielen verstehst. Natürlich mußt du deine Phantasie gebrauchen. Weiß du, was Phantasie ist, Susan?«

Das Kind nickte weise. »Das ist, wenn man Dinge sieht, die gar nicht wirklich da sind.«

»Na, nicht genau«, sagte Kris lächelnd. »Nein – für mich ist die Phantasie ein eigenes Land. Sie ist ein wunderschönes Reich. Du hast doch schon mal vom britischen Weltreich gehört? Oder von Frankreich?«

Susan nickte wieder.

»Na, siehst du, *das* ist die Phantasie. Im Reich der Phantasie kannst du beinah alles tun, was dir gefällt. Wie würde es dir gefallen, im Sommer Schneebälle zu werfen? Oder einen großen Autobus die Fifth Avenue hinabzusteuern? Wie würde es dir gefallen, ein eigenes Schiff zu haben, das jeden Tag nach China und nach Australien fährt?«

Auf Susans Gesicht machte sich ein stilles, kleines Lächeln breit. Vielleicht *war* es albern – aber es machte Spaß, sich so etwas auszudenken.

»Wie würde es dir gefallen, am Morgen die Freiheitsstatue zu sein und am Nachmittag mit einem Schwarm Wildgänse nach Süden zu fliegen?«

Susan konnte nicht anders – sie nickte begeistert.

»Na, ist doch ganz leicht«, sagte Kris. »Alles braucht nur ein bißchen Übung. Möchtest du's mal versuchen?«

»Ja«, sagte Susan leise.

»Dachte ich's mir«, sagte Kris strahlend. »Nun, fangen wir an mit etwas Leichtem. Wie würde es dir gefallen, ein Affe im Zoo zu sein? Das klingt lustig, wie?«

»Würde ich gern«, sagte Susan. »Aber ich weiß nicht, wie man es macht, daß man ein Affe ist, Mr. Kringle.«

»Natürlich weißt du's!« sagte Kris voll Überzeugung. »Also, jetzt bückst du dich ein bißchen, und dann krümmst du deine Finger nach innen.«

Und so begann die erste Unterrichtsstunde. Susan war anfangs ein bißchen langsam und unbeholfen. Bald aber hatte sie den Trick heraus, und Kris stellte hocherfreut fest, daß er eine sehr begabte und eifrige Schülerin hatte.

In der Küche seufzte Doris laut, wie froh sie wäre, wenn Mr. Shellhammer anrufen würde. Er sollte sie endlich von Mr. Kringle befreien. Sein Einfluß auf Susan gefiel ihr nicht – nicht mal für einen Abend. Fred hingegen war begeistert. Kris war, das spürte er, genau die richtige Medizin für ein allzu ernsthaftes kleines Mädchen von sechs Jahren. »Du solltest ihn öfter zum Essen einladen«, schlug Fred vor.

»Nein, vielen Dank!« sagte Doris mit Nachdruck. »Er ist ein lieber alter Mann. Aber je seltener er mit Susan zusammen ist, desto besser ist es.«

Mit hoffnungslosem Schulterzucken hob Fred eine silberne Platte auf. »Wohin kommt das?« fragte er.

»Ins Wohnzimmer«, sagte Doris. »Auf das zweite Regal.«

Als Fred ins Wohnzimmer kam, war die Unterrichtsstunde auf ihrem Höhepunkt angelangt. Mit erstaunlicher Schnelligkeit hatte sich Susan aus einem Äffchen in eine Feenkönigin verwandelt. Mit einem königlichen Streich ihres Zauberstabes war sie dabei, Mr. Kringle, ihren treuen Ritter, unsichtbar zu machen.

Fred beobachtete das kleine Schauspiel staunend und voller Freude. Welch eine Schande, dachte er, daß Susan nicht öfter mit Mr. Kringle zusammen sein sollte. Denn in Kris erkannte er das perfekte Gegenmittel für Doris' unbeirrbaren Wirklichkeitssinn. Ein bißchen mehr Kontakt mit dem alten Herrn würde bei Doris selbst Wunder wirken! Wenn es doch nur eine Möglichkeit gäbe!

Fred hatte plötzlich eine glänzende Idee. »Wo wohnen Sie, Mr. Kringle?« fragte er.

Kris erklärte, er wohne vorübergehend bei seinem Freund Jim, dem Wärter im Zoo. Er glaube aber, daß er dort lästig falle, und wolle sich nach einem anderen Platz umsehen.

Fred stürzte sich auf die Chance. Er habe ein Extrabett in seiner Wohnung, sagte er, und er würde sich glücklich schätzen, Mr. Kringle bei sich zu beherbergen.

Kris akzeptierte die Einladung sofort. Dies würde ihm die Chance geben, Susan und ihre Mutter öfter zu sehen. Und dies war's, was er sich mehr als alles andere wünschte.

In der Küche sprach Doris mit Mr. Shellhammer am Telefon. Er sei auf Widerstand bei seiner Frau gestoßen, so sagte er. Aber er wolle sein Versprechen halten. Er würde

Mr. Kringle bei sich aufnehmen. Doris legte den Hörer neben das Telefon und lief ins Wohnzimmer.

»Was meinen Sie?« fragte sie Kris und tat, als sei sie sehr überrascht. »Mr. Shellhammer fragt, ob Sie bei ihm wohnen möchten! Er lebt nicht weit vom Kaufhaus entfernt. Das wäre doch praktisch für Sie.«

Doch Mr. Kringle lehnte dankbar ab. Er habe bereits Mr. Gayleys Einladung angenommen.

»Mr. Gayley?« fragte Doris betäubt. Sie drehte sich um und starrte Fred an. Er nickte und lächelte unschuldig. Also hatte Fred sie hereingelegt! Mit einem grimmigen »Ich verstehe« ging sie zurück in die Küche, um Mr. Shellhammer zu sagen, daß Mr. Kringle schon andere Pläne gemacht hatte.

Also holte Kris seine wenigen Habseligkeiten und zog noch am selben Abend bei Fred ein. Kurz bevor Fred das Licht ausknipsen wollte, spähte er hinüber zu Kris, der friedlich in dem anderen Bett lag. »Ich bin sehr froh, Sie bei mir zu haben, Mr. Kringle«, gestand er. »Denn jetzt werde ich etwas herausfinden, was ich schon immer wissen wollte. Schläft Santa Claus mit dem Bart auf der Bettdecke oder darunter?«

»Immer oben drauf«, sagte Kris. »An der frischen Luft wachsen die Haare besser!«

Acht

Für Doris war Kris Kringle nichts anderes als ein leicht wunderlicher alter Herr. Doch in den nächsten Tagen konnte sie feststellen, daß sein Einfluß – ob verrückt oder nicht – sich erstaunlich rasch ausbreitete, und mit wunderbaren Ergebnissen.

Mr. Macy hatte seinen Plan verwirklicht, Kris' Art, mit Kunden umzugehen, im ganzen Kaufhaus einzuführen. Alle Angestellten in allen Abteilungen schickten die Kunden fröhlich zu anderen Firmen und empfahlen andere Waren. Gleichzeitig waren in allen New Yorker Zeitungen großformatige Anzeigen erschienen. Der Name Macy's wurde häufig in den Nachrichten genannt, und die neue Idee verbreitete sich auch in anderen Geschäften.

Einen Block von der 34. Straße entfernt, zum Beispiel, schleuderte Mr. Gimbel die Zeitung mit der Anzeige von Macy's ärgerlich auf seinen Schreibtisch. Finster musterte er seine versammelten Abteilungsleiter.

»Wieso ist keiner von euch auf diese Idee gekommen?« fauchte er. »Jetzt ist Macy plötzlich ein Wohltäter und Menschenfreund, der nur an das Wohl der Öffentlichkeit denkt!

Und wie stehe *ich* da? Als geldraffender Profitmacher! Na, aber dieses Spiel kann man auch zu zweit spielen. Von heute an wird jeder Kunde, der etwas verlangt, was wir nicht haben, sofort zu Macy's geschickt!«

Das war der Anfang. Und andere Kaufhäuser folgten rasch. Die neue Idee beschäftigte die Leitartikel in den Zeitungen. Lange Berichte erschienen in den Illustrierten. Die Radiosprecher klopften heiße Sprüche. Fast über Nacht verbreitete sich die Idee von Küste zu Küste. Und Mr. Kringle stand immer im Mittelpunkt.

Doris konnte nicht anders – sie war beeindruckt. Das mußte sie zugeben, als sie eines Tages mit Kris nach Hause fuhr. »Nie hätte ich geglaubt«, gestand sie ihm, »daß ich damals – als ich Sie vor der Weihnachtsparade auf der Straße stehen sah – den Mann gefunden hatte, der das ganze Weihnachtsgeschäft umkrempeln würde!«

»Ich auch nicht«, gestand Kris.

»Und ich bin froh, daß ich's getan habe«, sagte Doris.

Mr. Kringle lächelte glücklich. Es war das erste gute Zeichen, und er fühlte sich sehr zuversichtlich.

Auch in anderer Hinsicht konnte er Fortschritte machen. Eines Sonntagmorgens spazierte Kris durch den Park – seinen Stock in der einen Hand und Susan an der anderen. Natürlich landeten die beiden im Zoo. Kris blieb stehen, um die Rentiere zu füttern, und sie kamen wie immer gelaufen und fraßen ihm aus der Hand.

Susan war beeindruckt. Nicht nur wegen der Rentiere. Mit Mr. Kringle zusammen zu sein, war immer ein aufregendes Abenteuer. Er steckte stets voller Späße und lustiger Geschichten. Ihre Mutter wäre nicht einverstanden, das wußte sie. Aber es machte so viel Spaß!

Jetzt, wie sie so nebeneinander dahinspazierten, brachte der alte Herr ihren Weihnachtswunsch zur Sprache. Es wolle ihm gar nicht richtig erscheinen, sagte er, daß ein kleines Mädchen wie Susan so gar keine Wünsche hatte. Sie müsse sich etwas wünschen. Das täte jedes Kind.

Susan zögerte lange, bevor sie antwortete. Sie habe nur einen Wunsch, sagte sie. Und das sei ein großer. Und dann erzählte sie Kris, daß sie sich ein Haus wünsche – ein *richtiges* Haus, kein Puppenhaus – in dem sie mit ihrer Mutter wohnen könne.

Das Leben in einem New Yorker Apartment war wirklich kein Spaß für ein kleines Mädchen wie Susan. Das Haus sollte einen richtigen großen Garten haben, mit Bäumen und einer Schaukel darin. Dann konnte sie einfach zum Spielen hinauslaufen, wann sie wollte, statt warten zu müssen, bis Cleo oder jemand anderes sie in den Central Park führte.

Kris hielt die Luft an. »Das ist wirklich ein großer Auftrag«, mußte er zugeben. »Aber ich werde mein Bestes tun.«

»Na«, sagte Susan voller Zuversicht. »Falls du wirklich Santa Claus bist, kannst du es mir schenken. Falls nicht, bist du nur ein netter Mann mit einem weißen Bart, wie meine Mutter sagt!«

Kris erkannte die Herausforderung. Susan war ein mächtig schlaues Mädchen. Sie hatte ihn beinah schachmatt gesetzt. Und jetzt zog sie aus ihrem Handtäschchen ein ganz zerknittertes und abgegriffenes Stück Papier, ein Blatt aus einer Illustrierten, und drückte es ihm in die Hand. Es war eine Zeichnung, der Architektentraum eines zauberhaften kleinen Landhauses.

Susan erklärte Kris den Grundriß in allen Einzelheiten. Uff! Welch ein schwieriger Auftrag, dachte der alte Herr, als er die Zeichnung in seine Tasche schob. Er fing langsam an, sich Sorgen zu machen.

»Nicht jedes Kind kann jeden Wunsch erfüllt bekommen«, sagte Kris zu Susan. »Aber das heißt nicht, daß es keinen Weihnachtsmann gibt. Manche Kinder wünschen sich Dinge, die sie gar nicht benutzen könnten, falls sie sie hätten. Viele kleine Jungen, zum Beispiel, wünschen sich eine echte Lokomotive. Ach, sie könnten sie nicht mal ins Haus holen. Und kleine Mädchen wünschen sich manchmal ein Brüderchen oder Schwesterchen, auch wenn die Eltern zu arm sind, um gut für alle Kinder zu sorgen. Außerdem«, fuhr er fort, »würde es nur halb soviel Spaß machen, wenn jedes Kind immer gleich alles bekäme, was es sich wünscht, nicht wahr? Manchmal ist's besser, sich lange etwas zu wünschen, damit man sich richtig freuen kann, wenn man es endlich bekommt! Mit anderen Worten«, schloß Kris, »es gibt viele Gründe, warum nicht jeder Wunsch, den ein Kind hat, in Erfüllung gehen kann.«

Susan sah ein, daß Kris recht hatte – in machen Fällen. »Aber ich hab mir das Haus schon sooo lange gewünscht, Mr. Kringle«, sagte sie »und ich *werde* mich freuen, wenn ich's bekomme!«

Darauf wußte Kris nichts mehr zu sagen. Jetzt lag es an ihm – und er wußte es.

An diesem Abend, als er und Fred sich zu Bett legten, begann Mr. Kringle mit seinem Feldzug. Er wußte, es gab nur eine Möglichkeit, wie Susans Wunsch in Erfüllung gehen konnte. Mr. und Mrs. Fred Gayley könnten in einem Haus wohnen – Doris Walker allein konnte es niemals schaffen. Und darum fragte er Fred ganz harmlos über seine Beziehung zu Doris aus.

Fred sprach ganz offen darüber. Er sei verliebt in Doris, gestand er.

Doch mußte er auch gestehen, daß er bei ihr keinen Schritt weiterkam. Er erzählte Kris von Doris' erster Ehe und wie enttäuschend sie für Doris gewesen sei. Jetzt drehte sich ihr ganzes Leben um ihre Tochter und ihre Karriere – unter völligem Ausschluß aller anderen Dinge. Doris sorgte dafür, daß sie überhaupt kein Privatleben hatte.

Kris nickte betrübt. »Doris ist nur ein Beispiel für viele«, sagte er. »Das ist's, was heute mit Tausenden und Abertausenden auf der Welt passiert.«

»Ich fürchte, Sie haben recht«, sagte Fred.

»Wir müssen sofort etwas dagegen tun!« sagte Kris voll Entschlossenheit.

»Sie haben recht, das müssen wir«, sagte Fred. »Aber wenn ich nur wüßte, was...«

Mr. Kringle steckte voller Ideen. Er überredete Fred, Doris am nächsten Abend zum Essen auszuführen. Fred war nur allzu gern bereit, sie zu bitten. Bislang hatte sie sich jedoch immer geweigert. Diesmal aber, davon überzeugte ihn Kris, würden die Dinge anders kommen. Dafür wollte er sorgen.

Am nächsten Morgen hielt Kris Doris eine lange Lobrede auf ihren Nachbarn, Mr. Gayley. Doris schien einverstanden mit allem, was er sagte. Ganz beiläufig erwähnte er auch, wie nötig Erholung sei. Besonders für jemanden, der so hart arbeitete wie Doris. Und wieder pflichtete sie ihm bei.

Als daher Fred gegen Feierabend in der Spielzeugabteilung erschien, strahlte Kris übers ganze Gesicht, während er von seinem Podium herabkletterte. Fred sei gekommen, um Doris zum Essen auszuführen, nicht wahr?

Fred schüttelte den Kopf. Mrs. Walker habe zuviel zu tun – wie immer. Sie machte den ganzen Abend Überstunden. Ihr Abendessen würde aus einem Sandwich und einer Tasse Kaffee am Schreibtisch bestehen. Darum sei er zu Kris gekommen. Er hoffe, sie könnten zusammen nach Hause gehen.

»Oh, ich verstehe«, sagte Mr. Kringle trocken. »Sie hat zuviel zu tun, um sich mit Ihnen zu treffen, nicht wahr? Na ja, vielleicht, wenn ich mit ihr rede...«

»Hat keinen Zweck«, sagte Fred. »Ich habe mir schon den Mund fusselig geredet.«

»Ich verstehe«, sinnierte Kris. »Wir müssen uns etwas anderes einfallen lassen.« Ein sonderbares Glitzern stand in Kris' Augen, als er sich nun in die Garderobe zurückzog, um sein Kostüm gegen seine Straßenkleider zu vertauschen.

Er brauchte ziemlich lange dazu, fand Fred. Endlich ging

er selbst in die Garderobe, um Kris zu holen. Aber der alte Herr war nicht mehr dort. Er sei mit dem Personal-Fahrstuhl nach unten gefahren, sagte ihm der Portier. Schon vor einer ganzen Weile.

Was hatte Kris vor? Fred beschloß, in Doris' Büro zurückzukehren, um von dort aus zu telefonieren. Cleo hatte Kris Kringle noch nicht gesehen, und in Freds Wohnung ging niemand ans Telefon. Doris rief im Haus Maplewood an, aber auch dort hatte Kris sich nicht blicken lassen.

Inzwischen war Doris ziemlich entnervt. Kris hatte seine Stechkarte gestempelt und sie zurück in den Halter gesteckt – wie immer, wenn er das Kaufhaus verließ. Das war vor beinah drei Stunden gewesen!

Falls Kris etwas zugestoßen war, fanden sie jedenfalls keine Spur davon. Sie fragten in allen Krankenhäusern und Polizeirevieren. Mr. Sawyers düstere Prophezeiungen im Ohr, faßte sich Doris ein Herz und rief im Nervenkrankenhaus Bellevue an. Kris blieb unauffindbar.

Je länger der Abend sich hinzog und ihre Suche vergeblich blieb, desto aufgeregter wurde Doris, und ihre Sorge galt nicht nur Mr. Macy und ihrem Job. Fred fand überrascht heraus, daß Doris Mr. Kringle viel tiefer ins Herz geschlossen hatte, als sie selbst ahnte.

»Ehrlich, ich wundere mich über dich«, sagte er.

»Wieso?« fragte Doris.

»Ach, es paßt eigentlich nicht zu dir«, sagte er. »Die tüchtige und geschäftsmäßige Mrs. Walker – macht sich solche Sorgen um einen wunderlichen alten Mann.«

»Kris ist nicht nur ein wunderlicher alter Mann, Fred«, sagte Doris. »Er ist viel mehr als das. Er ist... er ist...« Doris fand keine Worte.

»Ich weiß genau, was du meinst«, sagte Fred. Er bemühte sich, seine Freude darüber vor ihr zu verbergen. Und alle ihre Bemühungen führten zu nichts. Sie fanden nirgends eine Spur von Mr. Kringle.

Endlich, traurig und erschöpft, gingen Fred und Doris zusammen nach Hause, machten aber noch einen kleinen Umweg zum Zoo im Central Park. Aber Jim hatte Kris seit dem letzten Sonntag nicht mehr gesehen, als er mit dem kleinen Mädchen gekommen war.

Dies gab den beiden den Rest. Jetzt konnten sie nur noch warten und hoffen. Um Doris' Unglück vollzumachen, hatte sie eine hübsche, kleine Brosche verloren – ein geliebtes Erbstück. Sie waren an diesem Abend so weit herumgekommen – im Kaufhaus, im Zoo, mit Taxis –, daß Doris wußte, sie würde den Schmuck niemals wiederfinden.

Als Fred sich vor ihrer Wohnungstür verabschiedete, war Doris den Tränen nahe. Sein Herz sehnte sich nach ihr, aber er kannte sie allzu gut, um jetzt etwas zu sagen, was tröstend oder gar zärtlich geklungen hätte. Der Abend hatte sie näher denn je zusammengeführt, doch jede Anspielung auf diese Tatsache, das wußte er, würde sie nur erschrekken. Sie würde sich wieder in ihr Schneckenhaus verkriechen. Darum sagte er nur gute Nacht und wandte sich zum Gehen.

Aber Doris schien nicht bereit, ihn gehen zu lassen. Sie

wollte ihm danken für alles, was er getan hatte. »Ich... ich weiß nicht, wie ich diesen Abend ohne dich überstanden hätte«, sagte sie.

Fred lächelte leise. »Siehst du, ein Mann ist manchmal doch ganz praktisch«, sagte er. »Ich bin froh, daß ich behilflich sein konnte.«

»Du warst mehr als behilflich, Fred«, sagte sie. »Und – und ich bin mehr als dankbar.«

Er sah die Tränen in ihren Augen aufsteigen. Sie trat einen kleinen Schritt auf ihn zu und hob den Kopf, und für einen flüchtigen Moment dachte Fred, sie würde ihn küssen. Aber irgend etwas in ihr gewann die Oberhand, und ihr Gesicht erstarrte zu einem Lächeln.

»Gute Nacht«, sagte Fred leise und schloß die Tür.

Er lächelte noch immer, als er in seine leere Wohnung trat. Wäre die Sache mit Kris nicht gewesen – es hätte ein herrlicher Abend sein können. Fred wunderte sich noch immer über das Verschwinden des alten Herrn. Anfangs war er überzeugt gewesen, es sei wieder mal ein Trick von Kris. Doch als der Abend sich in die Länge zog, hatte eine kalte Angst sein Herz beschlichen. Falls Mr. Kringle wirklich ein Unglück passiert war, würde die Welt niemals wieder wie früher sein.

Als Fred das Licht in seinem Schlafzimmer anknipste, unterdrückte er einen Schrei. Denn dort im Bett lag friedlich schlummernd Mr. Kringle. Schnell knipste er das Licht wieder aus, aber Kris hatte sich schon im Bett aufgerichtet. Neugierig fragte er Fred, was eigentlich passiert sei.

»Na, wir sind fast verrückt geworden vor Angst. Das ist passiert!« sagte Fred. »Willst du behaupten, du wärst die ganze Zeit hier im Bett gelegen?«

Kris nickte und kicherte in sich hinein.

»Warum bist du nicht ans Telefon gegangen?« fragte Fred. »Wir wußten nicht, wo du steckst oder ob etwas mit dir passiert ist, Doris und ich haben dich in der ganzen Stadt gesucht.«

»Oh, habt ihr, wie?« lachte Kris, mit einem Funkeln in den Augen. »Hat's euch gefallen? Seid ihr euch näher gekommen?«

Nun, ja – Fred mußte zugeben, das waren sie.

Kris grinste voll Befriedigung. »Habe gehofft, daß genau dies passieren würde! Ich werd's noch einmal versuchen müssen!«

»Nein! Nein!« flehte Fred besorgt. Es mußte doch einfachere Mittel geben!

»Du solltest dich schämen«, sagte Fred zu Kris und bemühte sich um einen finsteren Blick. »Stell dir nur vor, wie viele Sorgen sich Doris deinetwegen gemacht hat. Ich lauf hinüber und sage ihr, was für ein Schurke du bist. Bevor das arme Mädchen eine schlaflose Nacht verbringt!«

»Ja, tu das, um Himmels willen«, sagte Kris strahlend. »Vielleicht kommt ihr euch *noch* ein bißchen näher!«

Doris kam an die Tür – in einem dünnen, zerknitterten Morgenrock, ihr Haar offen über ihren Rücken fallend. Fred hatte sie noch niemals so gesehen; sie schien eine andere Frau zu sein – ein unglaublicher Kontrast zu der strengen

Mrs. Walker im Schneiderkostüm, die er vor wenigen Minuten verlassen hatte!

Doris war so erleichtert über die Nachricht, die er ihr brachte, daß sie ihr Äußeres vergaß und Fred in die Wohnung bat. Aber sie konnte es nicht verstehen. Warum hatte der alte Herr dies getan? Wohin war er verschwunden? Behutsam versuchte Fred, es ihr zu erklären. »Mir scheint, Mr. Kringle spielt nicht nur Santa Claus, sondern auch Amor«, sagte er. »Er findet, wir sind zwei so nette Leute, wir sollten öfter zusammen sein.«

»Oh!« sagte Doris. Sie schien aber längst nicht so abgeneigt gegen diese Idee, wie Fred es befürchtet hatte.

»Das ist der Grund, warum er's getan hat. Und ich möchte wetten, der alte Fuchs bespitzelt uns jetzt, in diesem Moment, durch das Fenster.«

»Na, falls es sich so verhält, bleib lieber hier. Laß uns zusammen eine Tasse Kaffee trinken«, sagte Doris. Immerhin könne Kris aus seinem Schlafzimmer in ihr Wohnzimmer sehen, betonte sie. Fred nahm die Einladung glücklich an.

Die nächste halbe Stunde genoß Fred mehr als alles, woran er sich erinnern konnte. Denn neben ihm auf der Couch saß Doris, und er hatte den Arm um ihre Schulter gelegt. Jedesmal, wenn sie ein Stückchen wegrückte, machte Fred sie darauf aufmerksam, daß Kris sie beide beobachtete, und sie wollten ihn doch nicht enttäuschen. Endlich konnte Fred nicht länger Mr. Kringle als Vorwand benutzen. Denn es war klar, daß der alte Herr längst zu Bett gegangen sein mußte. Als Fred aufstand, kam ein furchtbarer Schrei aus

Susans Zimmer. Die Kleine hatte einen Alptraum. Fred eilte hinein und nahm Susan in die Arme.

Doris folgte – und blieb in der Tür stehen. Während Fred sie tröstete, erwachte Susan langsam aus ihrem Traum. Als sie Fred sah, huschte ein glückliches Lächeln über ihr tränenfeuchtes Gesicht. »Oh, Onkel Fred, du bist's«, sagte sie, sehr erleichtert und zuversichtlich. Sie hatte einen schrecklichen Traum geträumt. Aber jetzt war Onkel Fred bei ihr – und alles war gut.

Doris war tief bewegt von dem Anblick, und Susans Vertrauen zu »Onkel« Fred berührte sie seltsam.

Als Fred zu Doris gute Nacht sagte, zog er sie zart in die Arme und küßte sie. Und keiner von beiden erwähnte Kris Kringle – oder das kleine Schauspiel, das sie vorher ihm zuliebe aufgeführt hatten.

Neun

Am folgenden Nachmittag schritt Fred kühn durch die imposante Pforte von Tiffany & Co. Er wolle eine Brosche kaufen, erzählte er dem ältlichen Angestellten, der sich herabließ, ihn zu bedienen. Aber er suche eine bestimmte Sorte. Fred versuchte das Schmuckstück zu beschreiben, das Doris verloren hatte. Aber es hatte wenig Zweck. Der Verkäufer zeigte ihm viele hübsche Broschen, keine davon schien das zu sein, was Fred suchte.

Endlich glaubte der Verkäufer zu ahnen, welche Art von Schmuckstück Fred meinte. Leider hatte er im Moment nichts dergleichen anzubieten. »Warum versuchen Sie's nicht bei Cartier?« schlug er vor. »Es ist nur ein paar Straßen weiter. Dort gibt es ganz herrliche Sachen.«

Fred starrte den Verkäufer verwundert an. »Cartier hat mich hierher geschickt«, sagte er.

»O ja«, bemerkte der Angestellte. »Cartier hat uns in letzter Zeit viele Kunden geschickt.«

Staunend verließ Fred den Laden. Auch er hatte die Anzeigen in den Zeitungen gesehen. Auch er hatte die Artikel gelesen, die Berichte über die Welle guten Willens, die Kris ausgelöst hatte. Doch jetzt erkannte er zum erstenmal, wie weit verbreitet die Idee bereits war. Wenn Tiffany schon die Leute zu Cartier schickte – dann konnte alles passieren!

Endlich fand Fred eine Brosche, die ihm gefiel, und er schritt frohgemut in Macy's Kaufhaus. Zu seiner Überraschung stellte er fest, daß jeder hier seine Stimmung zu teilen schien. Der Portier, ein ewig schlechtgelaunter Riese, strahlte ihn freundlich an. Die Fahrstuhlführer grinsten breit über beide Ohren. Sogar die Herde der Kunden, die sich in den Abteilungen drängte, schien von einer neuen und friedlichen Stimmung erfaßt, während einer den anderen in die Rippen rempelte oder auf die Zehen trampelte. Freds Verwunderung stieg mit jedem Beweis für Kris Kringles Magie.

Mrs. Walker war nicht in ihrem Büro, und Kris war nicht auf seinem Podium. Doch an einem Ende der Spielzeugabteilung war eine große Menschenmenge zusammengeströmt. Fred entdeckte Doris in der Menge. Sprachlos vor Staunen beobachtete sie, was dort vor ihr geschah.

In einer extra aufgebauten Kulisse, vor einem großen Weihnachtsbaum, standen tatsächlich Mr. Macy und Mr. Gimbel und schüttelten sich die Hand! Sie posierten für die Fotografen, und Kris stand strahlend zwischen ihnen.

»Dies«, sagte Doris, »ist das Wunder aller Wunder. Niemals hätte ich geglaubt, daß ich so etwas erleben würde!«

»Und alles nur wegen Mr. Kringle«, sinnierte Fred.

Doris nickte stumm und lächelte Fred an. Blitzlichter

flammten auf, als Mr. Macy und Mr. Gimbel in die Kameras blickten und sich einander herzlich die Hände schüttelten.

»Jetzt gehen wir hinüber, und machen dasselbe noch einmal – in *meinem* Laden«, sagte Mr. Gimbel. Und Mr. Macy pflichtete ihm eifrig bei.

Doris drehte sich zu Fred herum. »Kneif mich, Fred«, sagte sie. »Ich kann es einfach nicht glauben!«

Mit großen Augen beobachtete Doris den Ablauf der Feierlichkeiten. Mr. Macy überreichte Kris jetzt feierlich einen Scheck – eine Prämie von der Firma. »In Anerkennung des wunderbaren neuen Geistes, den Sie nicht nur in Macy's Kaufhaus gebracht haben, sondern in die ganze City!«

Glücklich nahm Mr. Kringle das Papier entgegen. Und Mr. Macy fragte in scherzhaftem Ton, was er mit all dem vielen Geld zu tun beabsichtige.

Kris wußte genau, was er tun wollte. »Ich werde jemandem ein besonders frohes Weihnachtsfest bescheren. Jemand, der immer sehr freundlich zu mir war«, sagte er. »Er ist Arzt, und ich werde ihm ein Röntgengerät schenken!«

»Na«, antwortete Mr. Macy, »das wird aber ziemlich teuer!«

»Lassen Sie *mich* dafür sorgen«, sagte Mr. Gimbel eifrig. »Wir beschaffen es Ihnen zum Großhandelspreis!«

»*Wir* beschaffen es zum Selbstkostenpreis!« sagte Mr. Macy.

Fred wandte sich zu Doris und holte ein kleines Päckchen aus seiner Tasche. »Auch ich habe ein kleines Geschenk mitgebracht«, sagte er und überreichte es ihr. »Aber ich dachte, wir machen es ohne feierliche Zeremonie.«

Doris war gerührt und entzückt über die Brosche. Sie erlaubte Fred sogar, sie ihr anzustecken. Als die beiden in Doris' Büro zurückgingen, hakte sie sich sogar bei ihm unter. Direkt vor den Augen der ganzen Spielzeugabteilung gingen die beiden Arm in Arm!

Für Fred war es noch großartiger als das Macy-Gimbel-Wunder. »Mir scheint, auch du bist vom Kringle-Geist angesteckt«, sagte er.

Doris schaute in lächelnd an. »Ja, ich fürchte, das bin ich«, antwortete sie.

Zehn

An diesem Abend, als die glücklichen drei in Doris' Wohnung zurückkehrten, sahen sie Susan, die mit ein paar anderen Kindern spielte.

Doris war überrascht. Denn bisher war Susan ein einsamer kleiner Wolf in der Nachbarschaft gewesen – zufrieden damit, sich allein in ihrem Zimmer zu vergnügen. Sie hatte immer geklagt, daß die anderen Kinder so alberne Spiele spielten. Und jetzt war sie bis über beide Ohren in ein Phantasie-Spiel vertieft – und offensichtlich gefiel es ihr. Sie war natürlich nicht so erfahren darin wie andere Kinder, so zu tun, als wäre sie eine Hexe. Doch sie versuchte es, und mit Kris als Lehrer hatte ihre Phantasie schon gute Fortschritte gemacht. Doris konnte nicht anders – sie war beglückt, als sie Susan quer über alle Möbel tollen sah, eifrig bemüht, den drei anderen Hexen ordentlich Angst zu machen. Die Psychologen würden es vielleicht nicht billigen, wenn eine Sechsjährige so tat, als sei sie eine Hexe – die es ja gar nicht gab! Aber Doris billigte es, wenigstens in diesem Moment. Denn noch nie hatte sie Susan so vergnügt gesehen.

Beim Abendessen schien Doris eine andere Frau zu sein. Sie war glücklich, entspannt und herzlich – das gerade Gegenteil jener strengen Mrs. Walker von vor ein paar Wochen. Kris schwebte über den Wolken. Und als er Susan nach dem Essen ein Märchen vorlas, strahlte er glücklich und versicherte ihr, daß ihr Weihnachtswunsch in Erfüllung gehen werde.

In der Küche halfen Doris und Fred Cleo mit dem Geschirr. Doris sagte bedauernd zu Fred, daß sie ihn am Abend verlassen müsse. Mr. Sawyer, der Berufsberatungsexperte, hielt einen Vortrag vor einer Studiengruppe von Personal-Chefs. Doris war die Vorsitzende des Komitees. Sie hatte Sawyer für den Vortrag gewonnen und mußte die einleitenden Worte sprechen. So sehr sie es haßte, jetzt fort zu müssen – sie mußte einfach gehen. Der Vortrag war seit zwei Wochen geplant. In Anbetracht des Vortragsthemas hielt Doris es aber für besser, vor Kris nicht davon zu sprechen.

Nachdem sie gegangen war, brachten Fred und Kris gemeinsam Susan zu Bett. Während Fred rasch nach nebenan lief, um seine Pfeife und seinen Tabak zu holen, fiel Kris' Blick auf eine hektographierte Karte, die auf Doris' Tisch lag. Er hob sie auf und las:

STUDIENGRUPPE DER PERSONAL-CHEFS

Vorsitzende: Doris Walker
Versammlung am 18. Dezember, 18.30 Uhr
im Hörsaal des Bürgerzentrums, Greenwich Village

Sprecher: Mr. Albert Sawyer
Thema: Entlarvung des Märchens vom Weihnachtsmann
Offene Diskussion im Anschluß an den Vortrag

Kris Kringle standen die Haare zu Berge, als er dies las. Er nahm Hut und Spazierstock an sich und schlich hinaus.

Im Bürgerzentrum weigerte sich der Portier höflich, aber bestimmt, Kris in den Hörsaal einzulassen. Zutritt zu diesem Vortrag hatten nur geladene Gäste. Und Kris hatte die Einladungskarte in Doris' Wohnung liegenlassen! Dennoch war Mr. Kringle fest entschlossen, sich anzuhören, was dieser Quatschkopf Sawyer zu sagen hatte. Es mußte doch noch einen anderen Weg geben, um in diesen Saal zu kommen! Langsam wanderte Mr. Kringle einen Korridor hinab, der an den Hörsaal anzugrenzen schien. Nach einem Weilchen kam er vor eine Tür, die nicht verschlossen war. Er drückte sie leise auf und ging ein paar Schritte in den dunklen Raum hinein. Schon hörte er Doris' Stimme sagen: »... und so habe ich das große Vergnügen, Ihnen Mr. Albert Sawyer vorzustellen.« Darauf folgte höflicher Applaus. Kris befand sich auf dem Hintergrund einer Bühne.

Sawyer ergriff das Wort und sagte, die Kulisse, vor der er sich befinde, sei schwerlich angemessen für einen Vortrag dieser Art. Aber er hoffe, das Publikum werde es mit ihm aushalten. Anscheinend gab das Kindertheater seine Weihnachtsvorstellung auf dieser Bühne. Und die Kulisse, zu der ein großes Fenster und auch ein riesiger Kamin gehörten, konnte zwischen den Vorstellungen nicht abgebaut werden. Sawyer stand vorn auf der Bühne und hielt seinen Vortrag an einem Rednerpult.

»Die symbolische Gestalt des Santa Claus, Sankt Nikolaus oder Kris Kringle«, hob er ab, »ist der klassische Ausdruck eines Wunschtraums bei *allen* Kindern. Er ist der allmächtige Geber, der großzügige Vater. Erwachsene Männer, die dieses Märchen am Leben halten wollen, erweisen sich als unreife und neurotische Persönlichkeiten. Sie klammern sich an kindliche Phantasien und zeigen sich unfähig, der Wirklichkeit ins Auge zu blicken.«

Diese letzte Bemerkung wurde vom Publikum mit hörbarem Gelächter quittiert. Sawyer blickte ungehalten auf. Er konnte nicht wissen, daß hinter ihm, im Bühnen-Hintergrund, der leibhaftige Kris Kringle durch ein Zellophan-Fenster hereinlugte.

Aber Doris hatte Kris entdeckt. Und sie geriet in Panik. Sie hatte keine Ahnung, wie er dorthin gekommen war – oder was er als nächstes tun würde.

Noch immer verwirrt durch das Gelächter fuhr Mr. Sawyer mit seinem Vortrag fort. Manche Menschen hätten den Wunsch, Weihnachtsmann zu spielen, sagte er. Sie täten dies, um starke Schuldgefühle abzutragen. Väter, die Schuldgefühle gegen ihre Kinder hegten, überschütteten diese mit Geschenken. Reiche Männer, die in Form wohltätiger Stiftungen Weihnachtsmann spielten, verdeckten damit ihre Schuldgefühle wegen des Geldes, das sie auf Kosten anderer verdient hätten.

Während Sawyer in diesem Ton weiterredete, begann Kris – hinter der Bühne – vor Wut zu kochen und zu fauchen und seinen Stock zu schütteln.

Mit stummen Gebärden und mit Grimassen versuchte Doris, ihn zu beruhigen. Aber je häßlicher Sawyers Anschuldigungen wurden, desto lautstärker wurde Kris' empörtes Gemurmel.

Er hatte nur noch einen Gedanken: Wie konnte er aus der Kulisse auf die Bühne kommen? Endlich fand er eine kleine Öffnung im Hintergrund.

In diesem Moment holte Sawyer aus – zu einem furchtbaren Schlag gegen die ganze Idee des Weihnachtsmannes: »Weit davon entfernt, der Welt Gutes zu tun, hat dieses unausrottbare Märchen mehr Schaden angerichtet als Opium«, verkündete er.

Das war zuviel für Mr. Kringle. Bevor Doris erkannte, was da passierte, war er mitten auf die Bühne geplatzt. Sein Auftritt hätte nicht bühnenreifer sein können. Mitten in diese Hetzrede gegen Santa Claus war der leibhaftige Weihnachtsmann durch den Kamin hereingeschlüpft.

Für das Publikum war Kris' Auftritt einfach zu viel. Es brüllte und bog sich vor Lachen. Aber Mr. Kringle fand die Sache gar nicht spaßig.

Sawyer war verblüfft, als er Kris vor sich sah. Auch er war wütend.

»Nun, hören Sie mal...!« hob Kris an.

»*Ich* halte hier diesen Vortrag, Mr. Kringle«, erklärte Sawyer.

Die Erwähnung des Namens Kringle brachte neue Lacher, mit denen Sawyer nicht gerechnet hatte.

Doris war aufgesprungen. Vergeblich machte sie flehende Gesten in Kris' Richtung.

»Es sollte doch eine offene Diskussion geben«, erwiderte Kris. »Ich glaube, ich habe ein Recht, mir Gehör zu verschaffen. Ich wüßte niemand, der besser geeignet wäre, auf Ihre absurden Behauptungen zu antworten.«

»Die Diskussion findet *nach* dem Vortrag statt«, sagte Mr. Sawyer.

»Sehr schön«, sagte Kris. Er ging zur Seite der Bühne, setzte sich auf eine Kulissen-Bank und wartete darauf, daß Mr. Sawyer fortfuhr.

Völlig verwirrt versuchte der arme Sawyer seinen Vortrag fortzusetzen. Aber Kris war noch immer der Mittelpunkt aller Aufmerksamkeit. Jedesmal, wenn Sawyer eine Bemerkung machte, die Kris albern vorkam, spiegelte sich die Reaktion darauf sehr deutlich auf seinem Gesicht. Kris brauchte nur die Augenbraue hochzuziehen oder seinen Spazierstock an die Nasenspitze zu legen, um schallendes Gelächter von den Zuhörern zu ernten.

In diesem Augenblick schlüpfte Fred in den Hörsaal. Nachdem seine Suche nach Kris ergebnislos geblieben war, hatte er die Einladungskarte auf Doris' Tisch entdeckt und war herbeigeeilt, um sie zu informieren. Als er Kris friedlich auf der Bühne thronen sah, grinste er erleichtert und setzte sich, um der Dinge zu harren, die kommen sollten.

Mr. Sawyer verhaspelte sich immer wieder bei seinem

Versuch, seinen Vortrag fortzusetzen. Er begann zu stottern und die Worte zu verwechseln. Als er gegen den »Clanta Saus« wetterte, kugelte sich das Publikum fast am Boden – und je lauter die Leute lachten, desto ärger wurde es mit Sawyer. Schließlich kam ein Satz so verstümmelt heraus, daß Mr. Sawyer von vorn anfangen mußte.

Kris konnte der Versuchung nicht widerstehen. Er hielt Sawyer zwei Finger vor die Nase. »Wie viele Finger sehen Sie?« fragte er.

Das war zuviel für Mr. Sawyer. Er wurde ganz weiß vor Wut. »Ich weigere mich fortzufahren«, brauste er auf, »bis dieser alte Naseweis von der Bühne entfernt ist.«

Doris war wieder aufgesprungen. Sie flehte Kris an, vernünftig zu sein.

»Ich bin völlig vernünftig, meine Liebe«, sagte Kris. »Aber ich werde beweisen, welch einen Blödsinn dieser *Mister* Sawyer verzapft. Vorher werde ich keinen Zentimeter von der Stelle weichen!«

»Sie wollen nicht, wie?« sagte Sawyer, der drohend näher kam. »Das werden wir ja sehen!«

Mr. Kringle wich nicht von der Stelle.

»Ein Naseweis bin ich, wie?« sagte er drohend. Er fuchtelte mit seinem Stock, während Sawyer sich vor ihm aufbaute.

»Drohen Sie mir nicht mit diesem Stock!« brüllte Sawyer. »Verlassen Sie das Podium! Haben Sie mich verstanden?«

Kris hob seinen Spazierstock – bereit, sich zu verteidigen. Und Sawyer grapschte wütend danach. Mit einem Ruck riß

Mr. Kringle den Stock wieder los. Dabei streifte er leicht Mr. Sawyers Wange.

»Er hat mich geschlagen!« kreischte Sawyer und sprang zurück.

»Ich wünschte, ich hätt's getan«, sagte Mr. Kringle verächtlich.

Doris warf sich zwischen die beiden, um Frieden zu stiften.

»Sehen Sie, Mrs. Walker«, jammerte Sawyer, eine leicht gerötete Stelle auf seiner Backe streichelnd. »Falls Sie die Absicht haben, diesen gefährlichen Irren zu verteidigen – ich rufe sofort die Polizei!«

»Nein, nein«, rief Doris besorgt.

Sawyer sah endlich eine Chance, sein Gesicht zu wahren und von der Bühne abzugehen. Die Situation war völlig außer Kontrolle geraten. »Ladies and Gentlemen«, erklärte er, »der Vortrag ist beendet.«

Sawyer drehte sich zu Doris um. »Sehr schön, ich werde nicht die Polizei rufen – *jetzt* noch nicht. Aber wir sehen uns morgen früh in Mr. Shellhammers Büro. Dann werden wir beschließen, was wir unternehmen müssen.« Er funkelte Kris finster an. »Die Gesellschaft hat Mittel und Wege, sich zu schützen vor solchen Leuten!« Und damit stelzte er von der Bühne.

Elf

Früh am nächsten Morgen stand Doris vor dem versammelten Zorn der Herren Sawyer und Shellhammer. Sawyer hatte Kris' Benehmen am letzten Abend in düsteren Farben geschildert. Er hatte keinen Zweifel daran gelassen, daß Kringle ein gemeingefährlicher Irrer sei. Er bescheinigte ihm Grobheit und Gewalttätigkeit.

Doris versuchte, Sawyers Übertreibungen abzuschwächen. Kris' Auftreten bei dem Vortrag sei ein unglücklicher Zwischenfall gewesen, gab sie zu. Aber er habe wirklich keine Gewalttat verübt.

Shellhammer war verwirrt. Sawyer hatte ihn überzeugt, daß Kringle äußerst gefährlich sei. Immerhin konnte all der Wirbel um seine Person wie ein Bumerang auf Macy's zurückschlagen! Gimbel brauchte nur herauszufinden, daß der Macy's-Weihnachtsmann ein armer Irrer war. Du liebe Güte! Man durfte sich die Möglichkeit gar nicht ausmalen! Kringle war Dynamit, und Mrs. Walker war verantwortlich dafür. Sie hatte ihn angeheuert. Sie hatte von seiner Wahnvorstellung gewußt.

Mr. Sawyer sei nur dankbar, so sagte er, daß *er* das Opfer gewesen sei. Und nicht die unschuldigen kleinen Kinder, die Kris auf den Knien geschaukelt hatte. »Das Problem ist«, sagte Sawyer, »was machen wir mit diesem – diesem armen, verrückten Irren?«

»Wir müssen etwas unternehmen, und zwar sofort!« sagte Shellhammer.

»Ich glaube es nicht«, sagte Mrs. Walker. »Er ist nur ein freundlicher alter Mann. Ich bin sicher, er würde niemals...«

»Oh, aber er *wird*, Mrs. Walker!« beteuerte Mr. Sawyer. »Offenbar hat er eine plötzliche Veränderung durchgemacht. Er ist in seine gewalttätige Phase eingetreten.«

»Aber Doktor Pierce hat uns versichert, daß dies bei solchen Fällen niemals passieren kann. Kris' Wahnvorstellung ist gutartig!«

»Doktor Pierce ist kein Psychiater«, sagte Sawyer säuerlich.

»Sie auch nicht«, zischte Doris.

»Nun, wir können zumindest eines tun«, sagte Sawyer. »Wir können Mr. Kringle von sachkundigen Psychiatern gründlich untersuchen lassen, und zwar sofort.«

Dies schien Mr. Shellhammer ganz vernünftig. Doris protestierte. Kris habe Dutzende solcher Untersuchungen bestanden, betonte sie. Und zwar mit Glanz und Gloria.

»Aber es kann nicht schaden«, wandte Shellhammer ein. »Falls die Psychiater mit Pierce übereinstimmen, daß er harmlos ist, kann er jederzeit zu seinem Job zurückkehren.«

»Und falls *nicht*, haben wir sicherlich das Richtige getan«, fügte Sawyer hinzu.

Doris war ganz erschüttert. Sie wußte, daß Kris nicht gewalttätig geworden war. Sie haßte Sawyer, und sie war sicher, daß er die Bedeutung des Zwischenfalles stark übertrieb. Doch unter den gegebenen Umständen hatte Mr. Shellhammer recht, das wußte sie. Jedenfalls würde Kris die Prüfung wie immer bestehen und noch am gleichen Nachmittag zurückkehren zu seinem Job. Also fügte sich Doris mit einem Kopfnicken.

Mr. Sawyer war eifrig und beflissen. Mit Freuden wolle er die Untersuchung vereinbaren, sagte er. Er hatte nur das eine Ziel, Kris möglichst schnell aus dem Kaufhaus fortzuschaffen. Es galt, keine Zeit zu verlieren. Er wußte auch den schnellsten und leichtesten Weg. Doch war es nicht nötig, dachte er, Mrs. Walker über alles zu informieren.

»Das einzige Problem ist«, sagte Sawyer laut, »wie bringen wir ihn aus dem Laden, ohne wieder einen – äh, Zwischenfall auszulösen? In seinem gegenwärtigen Zustand würde er zweifellos gewalttätig reagieren.«

»Mrs. Walker, Sie müssen es ihm erklären«, sagte Shellhammer, »immerhin sind Sie mit ihm befreundet. Ihnen vertraut er.«

Doris weigerte sich rund heraus. Sie sah ein, es mußte geschehen, aber sie konnte es einfach nicht tun. Sie hatte den alten Herrn viel zu sehr in ihr Herz geschlossen. Sie brachte es nicht über sich, ihn zu verletzen.

»Macht nichts«, sagte Sawyer mit einem bedeutungsvollen Kopfnicken zu Shellhammer. »Wir brauchen Mrs. Walker eigentlich nicht. Ich weiß, wie wir's machen können.«

Kris saß wieder auf seinem Podium und begrüßte die niemals abreißende Warteschlange der Kleinen, als Mr. Shellhammer mit einer Verbeugung zu ihm trat. Man wolle ein Foto machen von Mr. Kringle mit dem Herrn Oberbürgermeister im Rathaus. Ob Kris etwas dagegen hätte, mitzukommen?

»Überhaupt nicht«, sagte Kris. »Ich würde mich freuen, den Herrn Bürgermeister kennenzulernen. Aber um fünf Uhr habe ich eine Verabredung mit Mr. Macy...«

»Oh, bis dahin sind Sie längst wieder zurück«, versicherte ihm Mr. Shellhammer. Diese zwei Gentlemen hier würden ihn mitnehmen – ein Auto stünde bereit –, und so stieg Kris von seinem Podium und ging mit den zwei Männern.

Erst draußen, als er in das Auto einstieg und Mr. Sawyer auf dem Beifahrersitz sitzen sah, wurde Kris argwöhnisch.

»Wohin?« fragte der Chauffeur.

»Bellevue«, sagte Sawyer.

Kris wollte wütend aufspringen, aber das Auto hatte sich schon in Bewegung gesetzt. Und die zwei Männer zu beiden Seiten drückten ihn stumm auf das Polster zurück. Wie betäubt saß er da und starrte vor sich hin, während der Wagen sich in den Verkehrsstrom einfädelte und durch die regennassen Straßen rollte.

Endlich sprach Kris. »Weiß Mrs. Walker etwas davon?« fragte er.

»Natürlich weiß sie«, sagte Sawyer. »Sie hat das Ganze vorbereitet.«

Von diesem Augenblick an war Kris Kringle ein geschlagener Mann. Wenn Doris so etwas tun konnte, dann war alles, wofür er so schwer gearbeitet hatte, eine verlorene und hoffnungslose Sache. Jetzt war's egal, was mit ihm passierte.

Den restlichen Weg nach Bellevue sprach er kein Wort. Und als sie ankamen und er hineingeführt wurde, hatte er kein Interesse mehr für das, was um ihn her geschah.

Zwölf

Für Doris verlief der Rest des Nachmittags in endloser, unwirklicher Spannung. Sie konnte sich nicht einmal zwingen, ein paar Minuten an ihrem Schreibtisch sitzen zu bleiben – geschweige denn, sich auf ihre Arbeit zu konzentrieren. Immer wieder rannte sie zur Tür und schaute zum Podium hinüber und hoffte zu sehen, daß Kris zurückgekehrt war. Doch das Podium blieb leer, und ihre Besorgnis wuchs. Sie versuchte herauszufinden, wohin Kris gebracht worden war. Doch Mr. Shellhammer wußte nur, daß Mr. Sawyer eine Untersuchung vereinbart hatte und mit Mr. Kringle in einem Auto weggefahren war.

Erst kurz vor Feierabend erfuhr sie die Wahrheit. Und zwar durch einen wütenden Anruf von Fred. Er habe eben mit der Nervenklinik von Bellevue telefoniert, sagte er. Sie hätten ihn gebeten, Mr. Kringles Waschzeug und Nachthemd zu bringen, und zwar möglichst sofort!

»Ein schlimmer Bursche, dieser Doktor dort«, sagte Fred empört. »Er sagte, Kris würde ein Weilchen keine Straßenkleidung mehr brauchen!«

»*Bellevue!* Dorthin also hat Sawyer ihn gebracht...« Doris Stimme erstickte vor Wut.

»Was ist überhaupt passiert?« wollte Fred wissen. »Wieso dieser ganze Trubel?«

Doris erzählte ihm rasch die Geschichte. Sawyer habe wilde Drohungen ausgestoßen, sagte sie.

Sie habe keine andere Wahl gehabt, als einer Untersuchung zuzustimmen. Sawyer sei natürlich zu schlau gewesen, um Bellevue zu erwähnen.

»Aber wie *konntest* du ihnen erlauben, ihn mitzunehmen?« wollte Fred wissen.

Doris versuchte es zu erklären. Wie hätte sie den letzten Abend vergessen können, fragte sie. Nur einmal angenommen, Sawyer hätte die Polizei geholt?

Aber Fred hatte keine Zeit zu streiten. Er mußte sofort in die Klinik fahren. »Wir sehen uns später, Doris«, sagte er und legte auf.

Im Bellevue war Mr. Kringle interviewt und ausgefragt und untersucht worden. Es war die übliche Routine. Betäubt und gleichgültig war er von einem Doktor zum anderen, von einem Zimmer ins nächste geschlurft. Geistesabwesend hatte er Fragen beantwortet. Oft hatte er auf alberne Fragen ja gesagt, weil ihm alles egal war. Er sagte nur immer wieder zu sich selbst: »Wie konnte sie so etwas tun? Wie konnte sie so etwas tun?« Manchmal formten seine Lippen lautlos die Worte. Die schlauen jungen Psychiater sahen es und notierten es eifrig in ihrem Bericht.

Jetzt hatte man ihm sein Weihnachtsmann-Kostüm weggenommen und ihn in einen schlaffen grauen Morgenrock gesteckt, der viel zu groß war für Kris. Man hatte ihn in einen langen, kahlen Saal geführt – mit eisernen Gitterstäben vor den Fenstern. In diesem Saal gab es noch viele andere Männer, alle in solchen leichentuchgrauen Morgenmänteln. Doch Mr. Kringle bemerkte sie kaum. Er saß auf dem Stuhl, auf den ein weißbekittelter Wärter ihn gesetzt hatte, und starrte stumpfsinnig an die Wand.

Dort saß er immer noch, als Fred ihn fand: ein kleiner, müder alter Mann mit einem weißen Bart. All die jugendliche Begeisterung und Frische war aus seinen Augen verschwunden.

»Das ist doch lauter Unsinn, Kris«, sagte Fred zu ihm. »Du bist bei Verstand, wie wir alle, und viel verständiger als manche Leute!«

Kris schüttelte fast unmerklich den Kopf.

»Ich hole dich raus – im Handumdrehen«, sagte Fred überschwenglich.

Aber Kris wollte nicht entlassen werden. Doris hatte ihn getäuscht, und zwar gerade in dem Moment, als er überzeugt gewesen war, sie würde tatsächlich anfangen, an ihn zu glauben. »Sie hat mir die ganze Zeit etwas vorgemacht«, sagte er traurig. »Wenn das die Art ist, wie die verständigen Leute handeln, dann bleibe ich lieber hier – bei den anderen.«

»Aber Doris hatte keine Ahnung, was Sawyer im Schilde führte«, sagte ihm Fred. »Er hat gedroht, die Polizei zu holen. Sie dachte, er bringt dich zu einem privaten Arzt.«

»Bin froh, das zu hören«, sagte Kris. »Aber warum ist *sie* nicht gekommen, um mir die ganze Sache zu erklären?«

»Weil sie dich nicht verletzen wollte, Kris.«

Kris nickte langsam. »Ja, ich bin ein netter alter Mann, und sie hat Mitleid mit mir.«

»Es ist mehr als das«, sagte Fred.

»Nein. Sie hat gezweifelt, Fred. Das ist der Grund, warum sie nur Mitleid hat. Wärst *du* hierher verschleppt worden, dann wäre sie *wütend* geworden.«

»Wäre es denn nicht verständlich, wenn sie Zweifel hat?« wandte Fred ein. »Sie hat seit Jahren an nichts mehr geglaubt. Du gibst ihr keine faire Chance, Kris!«

»Es ist nicht nur Doris«, sagte Kris. »Es sind Männer wie Sawyer. Er ist unehrlich, selbstsüchtig, böse. Trotzdem ist er angeblich normal – und ich bin es nicht. Er ist draußen, und ich bin hier drin. Na, wenn *er* normal ist, dann will ich's *nicht* sein. Dann bleibe ich lieber hier!«

»Aber, du darfst nicht nur an dich selbst denken, Kris. Was mit dir passiert, geht viele Leute etwas an. Leute wie mich, die an dich glauben – und an das, wofür du einstehst. Und Leute wie die kleine Susan, die eben erst anfangen zu glauben. Du darfst jetzt nicht aufgeben, Kris. Verstehst du nicht?«

Kris dachte darüber nach, und allmählich kam wieder das Leuchten in seine Augen. »Vielleicht hast du recht«, sagte er langsam. »Vielleicht hast du recht, immerhin!«

»Natürlich hab ich recht!« sagte Fred, sehr erleichtert. »Ich wußte, du würdest uns nicht im Stich lassen.«

»Ich sollte mich schämen!« sagte Mr. Kringle, und seine Stimme hatte wieder ihren fröhlichen Klang. »Und ich schäme mich! Vielleicht werden wir nicht gewinnen, Fred. Aber wenn schon – dann gehn wir unter mit Glanz und Gloria!«

»Na, jetzt sprichst du wieder vernünftig!« jubelte Fred, und sprang auf. »Keine Sorge, Kris. Bleib ruhig hier sitzen, ich hol dich im Handumdrehen heraus!«

Aber es war nicht so leicht, wie Fred gedacht hatte. Nach einer Reihe von unbefriedigenden Antworten sprach Fred endlich mit Doktor Rogers, dem Oberarzt. Er war ein freundlicher, ruhiger Mann. Er ließ sich Kris' Akte bringen und studierte aufmerksam die Papiere. Fred erklärte Dr. Rogers, daß er schon eine Weile mit Kris zusammenwohne. Er sei völlig bei Verstand, wie jeder andere. Dieses ganze Verfahren sei lächerlich, nur Mr. Sawyers Rache für eine persönliche Beleidigung.

Aber Doktor Rogers blieb ruhig und ungerührt. Es täte ihm leid, sagte er, doch er könne Fred keineswegs beipflichten. Mr. Kringle sei in der Tat geistesgestört, eventuell sogar gefährlich – zumindest potentiell. Alle Interviews, alle Tests führten zu diesem Schluß: Mr. Kringles Geisteszustand sei alles andere als normal. Nicht nur könne man Kris nicht entlassen, sondern auf Grund der vorliegenden Berichte müsse man sofort eine gerichtliche Einweisung in die Anstalt beantragen.

Erst jetzt wurde Fred völlig klar, was passiert war.

Kris hatte falsche Antworten gegeben, er hatte die Tests absichtlich verpatzt. Gleichzeitig erkannte Fred, daß es hoffnungslos war, Doktor Rogers von der Wahrheit zu überzeugen.

Sawyer hatte es geschafft, Mr. Kringle in dieses Haus zu bringen. Aber Kris hatte mit Absicht jede Möglichkeit blokkiert, wieder hinauszukommen. Und Fred hatte Kris die Freiheit versprochen! Mit seinen Worten hatte er sich auf einen dünnen, dünnen Ast gesetzt. Und jetzt spürte er, wie der unter ihm zu brechen drohte.

Er bedankte sich bei Doktor Rogers und ging. Er brauchte Zeit, um nachzudenken. Seine Aufgabe war beinahe unlösbar, und er wußte es.

Dreizehn

Richter Henry X. Harper saß in seinem Arbeitszimmer und las die tägliche Post und überlegte, was er seiner Frau zu Weihnachten schenken sollte. Es war ein gutes Jahr gewesen. Alles war bestens verlaufen. Er würde zweifellos im nächsten Frühling wieder ins Richteramt gewählt werden. Er dachte, das Weihnachtsgeschenk dürfe ruhig ein bißchen ausgefallener sein als sonst – vielleicht ein Pelzmantel?

Finley, sein Sekretär, kam herein. Mr. Mara, vom Büro des Generalstaatsanwalts, wünsche Seine Ehren zu sprechen.

»Lassen Sie ihn herein – lassen Sie ihn herein!« sagte Seine Ehren fröhlich.

Mr. Mara trat lächelnd ein, einen Aktenordner in der Hand. Er und der Richter waren alte Freunde. Sie wechselten einen herzlichen Gruß.

»Eine Einweisung in die geschlossene Anstalt – nur Routine, Euer Ehren«, erklärte Mara und legte die Papiere auf den Tisch.

Seine Ehren begann, den dicken Ordner durchzublättern.

»Sie werden alles in Ordnung finden, Richter«, sagte

Mara. »Ich hab die Papiere geprüft. Das ärztliche Attest über Unzurechnungsfähigkeit ist beigefügt – vom Bellevue Hospital.«

»Bellevue, wie?« sagte der Richter, während er las. »Alter unbekannt. Ein alter Mann, nicht wahr?«

»Sehr alt, Euer Ehren.«

»Vermutlich soll ich das alles durchlesen«, seufzte der Richter.

»Sie können sich auf mein Wort verlassen, Richter. Es ist ein glasklarer Fall. Der Bursche nennt sich Kris Kringle. Er hält sich für Santa Claus!«

»Oh, oh«, rief Seine Ehren kichernd und griff nach dem Füllfederhalter.

In diesem Moment trat Finley ein. »Ein Mr. Gayley wünscht Sie zu sprechen.«

»Was will er?« fragte der Richter.

»Er ist Rechtsanwalt und kommt in Sachen Kris Kringle.«

»Na, dann lassen Sie ihn rein«, seufzte der Richter und legte den Füllfederhalter wieder hin.

Fred war höflich, aber bestimmt. Er vertrete Mr. Kringle, sagte er, den Beklagten in diesem Verfahren. Sein Mandant sei, seiner Meinung nach, überrumpelt worden. Er verlange ein ordentliches Gerichtsverfahren, in welchem er Zeugen aufbieten könne.

»Ich dachte, Sie sagten, der Fall sei glasklar?« sagte der Richter zu Mara.

»Das sagte ich«, sagte Mara. »Ich höre zum erstenmal von einem Protest.«

Der Richter warf einen Blick auf die Papiere.

»Euer Ehren mag sie unterzeichnen, falls es Ihnen beliebt«, sagte Fred. »Aber morgen früh werde ich eine Haftprüfung beantragen.«

»Das wird nicht nötig sein«, sagte Richter Harper. »Wir beraumen die Verhandlung an. Montagmorgen, punkt zehn Uhr.«

Draußen, im Vorzimmer des Richters, saß Mr. Sawyer wie auf Kohlen. Er wünschte Mr. Mara zu sprechen und war ihm bis in Richter Harpers Vorzimmer gefolgt. Denn Mr. Macy hatte von Kris' Abwesenheit erfahren und hatte alsbald die Gründe herausgefunden. Nach einem Gespräch mit Doris hatte er Mr. Sawyer zu sich gerufen. Und Macys deutliche Worte klangen Sawyer noch immer im Ohr. Falls er es nicht schaffte, Mr. Kringle herauszuholen, und zwar sofort, würde Mr. Sawyer selbst arbeitslos sein. Seine Karriere bei Macy's wäre zu Ende – vor der Weihnachtsgratifikation!

Während Sawyer auf seinem Stuhl herumrutschte und sich bemühte, nicht an seinen Fingernägeln zu kauen, kam Fred aus dem Arbeitszimmer des Richters und verschwand mit einem Kopfnicken zu Finley.

»Wer – wer war das?« fragte Sawyer ängstlich.

»Mr. Kringles Rechtsanwalt«, klärte Finley ihn auf.

Kris hatte also schon einen Rechtsanwalt! Das gefiel Mr. Sawyer gar nicht. »Ich würde das ganze Verfahren am liebsten fallenlassen«, sagte er, als Mara endlich erschien.

Doch Mr. Mara schüttelte den Kopf. »Dieser Kringle wurde in ein städtisches Krankenhaus gebracht. Jetzt muß die Sache ihren Routinegang gehen!«

Sawyer war wie versteinert. »Gibt es da gar nichts zu machen?« fragte er.

»Überhaupt nichts«, sagte Mara. »Die Gerichtsverhandlung findet am Montagmorgen statt.«

Eine öffentliche Gerichtsverhandlung! Das wurde ja immer schlimmer, dachte Sawyer. Er erkundigte sich nach Mr. Kringles Rechtsanwalt.

»Oh, machen Sie sich deswegen keine Sorgen!« versicherte Mara ihm. »Dieser Gayley ist nur ein junger Winkeladvokat, der es auf den kostenlosen Presserummel abgesehen hat!«

Presse! Das Wort elektrisierte Sawyer. Artikel in den Zeitungen! Das war das Schlimmste, was überhaupt passieren konnte. »Ich werde gleich mal mit Mr. Gayley sprechen!« rief er und flitzte den Korridor hinunter.

Sawyer erwischte Fred, als er in den Fahrstuhl einsteigen wollte. Er stellte sich als Mr. Macys Stellvertreter vor. Man sei ängstlich bemüht, jede Öffentlichkeit zu vermeiden, sagte er. Falls Mr. Gayley sich entgegenkommend zeigte, würde Mr. Macy Mittel und Wege finden, um großzügig seine Dankbarkeit zu beweisen.

Fred lachte in sich hinein. Mr. Macy hatte mit alledem nichts zu tun. Und das wußten sie beide. Mr. Sawyer hatte sich in die heiße Bratpfanne gesetzt, und jetzt zappelte er, um wieder hinauszukommen.

»Aber – Öffentlichkeit!« sagte Fred. »Freut mich, daß Sie

mich auf die Idee gebracht haben. Ich kann diesen Fall nur gewinnen, wenn die Öffentlichkeit hinter mir steht. Ein richtiger Presserummel ist genau das Mittel, um die öffentliche Meinung zu beeinflussen. Bin Ihnen sehr verbunden, Mr. Sawyer!« Damit schritt er davon. Das letzte, was Mr. Sawyer von ihm sah, war sein Rücken, als er im Saal der Gerichtsreporter verschwand.

Am nächsten Morgen erschienen Artikel auf den Titelseiten der meisten New Yorker Blätter. Die Story war natürlich ein Knüller! Kris war eine Berühmtheit geworden. Ein landesweites Symbol des guten Willens. Und jetzt beschuldigte man ihn der Unzurechnungsfähigkeit! Die Gerichtsverhandlung machte Schlagzeilen.

Die Abendzeitungen brachten noch längere Berichte. Der Grundton aller Kommentare war gleich, und ein Radiosprecher faßte ihn treffend zusammen:

»Wir leben in sonderbaren Zeiten«, sagte er. »Kris Kringle, ein lieber kleiner Santa Claus, der allein verantwortlich ist für die Welle guten Willens, die unsere Stadt und sogar weite Teile des Landes erfaßt hat, ist in Schwierigkeiten! Montagmorgen, Ladies and Gentlemen, wird dieser schlichte, freundliche alte Herr vor dem Richter Henry X. Harper stehen. Die Beschuldigung lautet – man höre und staune – *Unzurechnungsfähigkeit*! So unglaublich es klingen mag, meine Freunde, dies ist die Tatsache. Wenn das Wiederfinden der wahren Weihnachtsstimmung eine Art von Wahnsinn ist, dann leben wir tatsächlich in sonderbaren Zeiten!«

Richter Harper, bei sich zu Hause, hörte die Nachrichten und strahlte. Sein Name wurde – von Küste zu Küste – im Rundfunk genannt! Doch Charlie Halloran, der mit ihm Radio gehört hatte, war überhaupt nicht erfreut. Charlie war Schatzmeister der politischen Partei, die den Richter in sein Richteramt gebracht hatte. Halloran, selbst kein Amtsinhaber, war die mächtige Graue Eminenz hinter manchen Thronen in Stadt und Staat, ein gerissener Politiker und lebenslanger Freund des Richters.

»Du siehst mir sehr abgearbeitet aus, Henry«, sagte er nachdenklich. »Ich glaube, du solltest dir ein paar Wochen Urlaub gönnen.«

»Unsinn!« anwortete Seine Ehren empört. »Habe mich niemals im Leben so wohlgefühlt!«

»Geh doch Angeln, geh auf die Jagd – geh irgendwohin«, drängte Halloran.

»Warum sollte ich, Charlie?«

»Weil dieser Fall Dynamit ist, Henry«, sagte Charlie und knipste das Radio aus. »Du mußt irgendwie raus aus der Sache.«

Aber Henry konnte nicht. Es war alles vorbereitet. Dann solle er plötzlich krank werden, sagte Charlie. Dann solle ein anderer Richter den Fall übernehmen – einer, der sich nicht im nächsten Frühling zur Wahl stellte.

Doch Seine Ehren war ein ehrlicher Mann. So etwas konnte er nicht tun. Auch sah er nicht ein, wieso Charlie so in Sorge war. Was konnte es schließlich schaden, wenn sein Name in allen Zeitungen stand?

»Die Zeitungen!« brüllte Charlie. »Das Schlimmste was uns passieren kann! Du wirst ein zweiter Pontius Pilatus sein – von Anfang an! Alle Kinder werden dich für einen Teufel halten, und ihre Eltern werden dich hassen!«

»Unsinn«, lachte Harper.

In diesem Moment kam Mrs. Harper ins Zimmer. Sie rief ihre Enkelkinder zusammen. Sie sollten gute Nacht sagen – und dann ab ins Bett. Denn es war bereits eine halbe Stunde nach acht!

Die Kinder kamen ins Wohnzimmer gesprungen und gaben ihrer Granny einen dicken Gutenacht-Kuß. Dann marschierten sie kühl an Richter Harper vorbei, hinauf ins Schlafzimmer.

Der Richter stand da wie betäubt. »Schöne Manieren, mit einem Großvater umzugehen!« sagte er empört.

»Ich kann's ihnen nicht verdenken!« sagte Mrs. Harper, hinter den Kindern herlaufend. »Ein Mann, der den Weihnachtsmann gerichtlich für unzurechnungsfähig erklärt...!«

»Siehst du, was ich meine?« sagte Charlie trocken.

Und in Richter Harper stiegen die ersten Zweifel auf.

Vierzehn

Der große Gerichtssaal war vollgestopft mit Reportern, Fotografen, Kolumnisten, Klageweibern und einem großen Querschnitt der Öffentlichkeit, die an diesem Fall lebhaften Anteil nahm.

Mr. Mara, der Staatsanwalt, hockte krumm auf seinem Stuhl. Er bedauerte, daß er den Fall jemals übernommen hatte. Das war wieder eine dieser Geschichten, die sich endlos in die Länge ziehen. Dafür würde sein Gegner, dieser Rechtsanwalt, schon sorgen. Kringle würde abstreiten, jemals gesagt zu haben, er sei Santa Claus. Zeugen würden aufgeboten werden. Und nur noch vier Einkaufstage bis Weihnachten.

Mara war angewidert.

Jetzt rief der Gerichtsdiener sein bekanntes »Hört! Hört!«, und Richter Harper betrat den Saal. Mara erhob sich, um die Verhandlung zu eröffnen.

Das ärztliche Attest über die Unzurechnungsfähigkeit liege bereits als Beweisstück vor, sagte er. Nun wünsche er seinen ersten Zeugen aufzurufen. Ob Mr. Kringle so freundlich wäre, in den Zeugenstand zu treten?

Kris erhob sich von seinem Platz neben Fred und trat in den Zeugenstand.

Seine Ehren musterte den Alten und wunderte sich. Mr. Kringle paßte so gar nicht zu der Beschreibung jenes senilen alten Knackers aus dem Bericht der Ärzte.

»Guten Morgen, Euer Ehren!« sagte Mr. Kringle fröhlich strahlend. Richter Harper konnte nicht anders – er mußte lächelnd den Gruß erwidern.

»Wie heißen Sie?« fragte Mara.

»Kris Kringle.«

»Wo wohnen Sie?«

»Darüber wird dieser Prozeß entscheiden.«

Dies brachte ihm ein Kichern aus dem Gerichtssaal ein und einen drohenden Blick von Mr. Mara.

»Eine sehr vernünftige Antwort, Mr. Kringle«, sagte Seine Ehren sichtlich zufrieden.

»Glauben Sie an den Weihnachtsmann?«

»Natürlich!« sagte Mr. Kringle.

Betäubtes Schweigen breitete sich im Gerichtssaal aus. Richter Harpers Kinnlade fiel eine halbe Meile hinab. Sogar Mara war erstaunt. Der alte Herr gestand selbst seine Unzurechnungsfähigkeit! Was den Staat von New York betraf, so war diese Gerichtsverhandlung gelaufen.

Mara wandte sich an den Richter. »Die Staatsanwaltschaft hat keine Fragen mehr, Euer Ehren«, sagte er theatralisch und setzte sich.

Im Saal herrschte Aufregung. Seine Ehren war bekümmert. Der Richter schielte nervös nach Charlie Halloran, der irgendwo in der Menge saß. Liebe Güte! Alles sah danach aus, als *müsse* er den Alten für unzurechnungsfähig erklären!

Fred war aufgestanden. Er wirkte völlig unbesorgt.

Wohl auch ein bißchen wunderlich, dieser junge Mann, dachte der Richter im stillen. »Nun, junger Mann? Wollen Sie den Zeugen nicht ins Kreuzverhör nehmen? Er hatte doch, glaube ich, einen Job, bei dem er den Weihnachtsmann *spielen* sollte?« sagte Richter Harper, hoffnungsvoll nach einem Strohhalm greifend. »Vielleicht hat er die Frage nicht richtig verstanden!«

»Ich habe sehr genau verstanden, Euer Ehren«, sagte Kris mit fester Stimme.

»Können Sie – angesichts der Aussage des Zeugen – etwas zu seiner Verteidigung vorbringen, junger Mann?« fragte Seine Ehren niedergeschlagen, während Kris den Zeugenstand verließ.

»Allerdings, Euer Ehren«, sagte Fred. »Ich bin mir voll der Tatsache bewußt, daß Mr. Kringle glaubt, er sei Santa Claus. Dies ist ja die Grundlage des Verfahrens gegen ihn. Die Staatsanwaltschaft erklärt, dieser Mann sei nicht bei Verstand, weil er glaubt, daß er Santa Claus ist.«

»Ich fürchte, das ist ganz vernünftig und logisch«, sagte Richter Harper betrübt.

»Das wäre es wohl, Euer Ehren, falls Sie oder ich oder Mr. Mara hier glaubten, wir wären Santa Claus.«

»Jeder, der sich für Santa Claus hält, ist verrückt!« erklärte Mara beißend.

»Nicht unbedingt«, sagte Fred ruhig. »Sie halten sich für

den Richter Harper, Euer Ehren, und niemand zweifelt an Ihrem Verstand, weil Sie *tatsächlich* Richter Harper sind.«

Der Richter argwöhnte eine versteckte Beleidigung. »Ich weiß ganz gut, wer ich bin, junger Mann«, sagte er scharf. »In diesem Prozeß geht es aber um Mr. Kringle! Glauben Sie immer noch beweisen zu können, daß er bei Verstand ist?«

»Allerdings«, sagte Fred. »Falls er – genau wie Sie – tatsächlich die Person ist, die er zu sein glaubt, dann ist er bei Verstand, genau wie Sie.«

»Gewiß«, sagte der Richter. »Aber das ist er nicht.«

»Oh, aber er ist's, Euer Ehren!«

»Ist – *was*?« brüllte der Richter.

»Ich werde beweisen, daß Mr. Kringle Santa Claus *ist*.«

Die Reaktion der Öffentlichkeit ließ nicht auf sich warten. Dies war eine der seltsamsten Verteidigungsreden in der Rechtsgeschichte. Wie hoffte dieser junge Anwalt zu beweisen, daß Kris der Weihnachtsmann persönlich war? Es war verrückt, aber es war Stoff für Schlagzeilen. Blitzlichter explodierten. Reporter rasten zum Telefon. Im Gerichtssaal war die Hölle los. Vergeblich schlug Richter Harper mit seinem Hammer auf den Tisch, um die Verhandlung zu vertagen. Niemand, außer dem Gerichts-Stenographen, hörte ihn.

Lange Artikel erschienen in allen Abendblättern. Doris las sie auf der Fahrt nach Hause. Sie machte sich Sorgen. Fred machte einen Narren aus sich. Er kämpfte einen hoffnungslosen Kampf und gefährdete seinen Job in der Anwaltskanzlei. Sie wünschte, er hätte sich nie auf die Sache eingelassen.

Und das sagte sie Fred, als er an diesem Abend nach Hause kam.

Fred aber war ganz zuversichtlich. Der Rummel in der Presse arbeitete ganz für ihn, sagte er. Die Sympathien der Öffentlichkeit stünden ganz offensichtlich hinter Kris. Es würde nicht leicht sein, aber er hoffe doch, eine Chance zu haben.

Was aber war mit der Anwaltskanzlei? Was war mit seinem Job? wollte Doris wissen.

Nun, da hatte Doris recht, wie es schien. Old Haislip, der Senior der Anwaltskanzlei, hatte Fred am Nachmittag zu sich gerufen. Sie wären eine alteingesessene Firma mit gutem Ruf und hoher Würde, hatte er gesagt. Sie könnten es sich nicht leisten, wenn einer ihrer Junior-Partner ein öffentliches Spektakel veranstaltete, um zu beweisen, daß irgend ein komischer alter Kauz der Weihnachtsmann sei. Wenn Fred die Sache nicht sofort fallenließ, sähen sie sich gezwungen, ihn fallenzulassen.

»Na, also. Du mußt es aufgeben«, sagte Doris.

»O nein, das werde ich nicht«, sagte Fred. »Ich kann nicht, Doris, das weißt du. Kris braucht mich. Ich kann den alten Herrn nicht im Stich lassen!«

»Aber was ist mit deinem Job? Den kannst du auch nicht aufgeben!«

»Nun, ja. Tatsächlich habe ich das schon getan«, sagte Fred. »Ich habe dem alten Haislip gesagt, daß ich die Sache nicht fallenlassen werde. Und das war's dann!«

Jetzt war Doris wirklich empört. Wie konnte Fred so

weltfremd reagieren? Man mußte doch realistisch sein in diesem Leben! Das hatte sie gelernt. Man konnte nicht gute Jobs aufgeben, um sentimentalen Launen nachzugehen. Fred hatte ihr einen Heiratsantrag gemacht. Sie hatte glücklich angenommen. Sie liebte und achtete ihn. »Aber wenn du solche verrückten Sachen machst – nun – ich dachte, du wärst vernünftig und zuverlässig. Nicht solch ein – ein – Sternengucker!«

»Na, schätze, ich bin ein Sternengucker. Aber ich bin auch ein verdammt guter Rechtsanwalt! Ich kombiniere die guten Seiten von beiden«, sagte Fred. »Ich werd's schon schaffen.«

Doch Doris bezweifelte es. Sie bezweifelte sogar, daß er jemals wieder einen Job finden würde.

»Nun«, sagte Fred, »alles läuft auf eines hinaus: Du hast kein Vertrauen zu mir.«

»Habe ich doch, natürlich, aber –«

»Nein, hast du nicht«, fiel Fred ihr ins Wort. »Nicht wirklich. Du bist eine sehr sachliche Frau. Du glaubst an gar nichts, solange du keine Beweise hast.«

»Es ist nicht die Frage, ob ich Vertrauen zu dir habe. Du *mußt* diesen Prozeß verlieren – das sagt mir die Vernunft!«

Fred stand rasch auf. »Vertrauen heißt glauben, auch wenn die Vernunft dagegen spricht«, erwiderte er. »Und du hast einfach zuviel Vernunft.«

»Wie gut, daß wenigstens einer von uns beiden sie hat«, sagte Doris hitzig. »Vernunft kann manchmal von Vorteil sein!«

»Kannst du niemals deine Angst überwinden?« flehte

Fred. »Kannst du dich nie bereitfinden, an Menschen wie Kris zu glauben – an Freude und Spaß und Liebe und all die anderen Ideale?«

Doris erstarrte unmerklich. Sie wurde wieder die steife, tüchtige Mrs. Walker. »Mit Idealen kann man keine Miete bezahlen«, sagte sie.

»Und ohne sie kann man nicht leben«, antwortete Fred erregt. »Ich wenigstens kann es nicht. Ich dachte, Kris und ich hätten dir geholfen, dich zu ändern, Doris. Ich hoffte, du würdest mit mir an einem Strang ziehen. Aber ich glaube, das tust du nicht.«

Doris wandte sich schweigend ab.

Fred zuckte hoffnungslos mit den Schultern. »Na, ich sehe, Reden hat keinen Zweck«, sagte er. »Wir sprechen nicht mal die gleiche Sprache, nicht wahr? Es geht einfach nicht – das ist alles.«

Doris versteifte sich und kehrte Fred den Rücken zu. »Nein, wirklich nicht«, sagte sie langsam.

»Dann gibt es nichts mehr zu sagen.«

»Nein.«

Fred griff schweigend nach seinem Mantel und seinem Hut.

Dann drehte sich Doris mit einem bitteren Lächeln herum. »Wie komisch«, sagte sie. »Mit all meiner Vernunft glaubte ich, daß es diesmal etwas werden würde.«

»Das glaubte ich auch«, sagte Fred. Er zögerte in der Tür. »Gute Nacht«, sagte er dann und ging.

Fünfzehn

Am nächsten Tag fand die Verhandlung in einem noch größeren Gerichtssaal statt. Und dieser war schon vollgestopft, bevor Seine Ehren in Erscheinung trat. Die Menge war größtenteils für Kris. Der Rest war gekommen, um zu sehen, was dieser junge Rechtsanwalt machen würde. Der Prozeß beschäftigte die Phantasie der Öffentlichkeit. Richter Harper hätte mit Leichtigkeit das Polo-Stadion füllen können, hätte er dort Gericht halten wollen.

Freds erster Zeuge war Mr. R. H. Macy. Er war ziemlich verlegen, als er den Eid ablegte.

»Sind Sie Besitzer eines der größten Kaufhäuser in New York City?« fragte ihn Fred.

»Des *größten*!« sagte Mr. Macy. Dann identifizierte er Mr. Kringle als seinen Angestellten.

Ob er glaube, daß Mr. Kringle bei Verstand sei?

Ja.

Ob er ihn für glaubwürdig halte?

Ja.

Mr. Mara sprang auf.

»Mr. Macy, Sie stehen unter Eid«, warnte er ihn. »Glauben Sie ehrlich, daß dieser Mann Santa Claus ist?«

Mr. Macy zögerte – und hielt die Luft an. Doch er sah, daß er keine Wahl hatte: Wenn Kris nicht wirklich der Weihnachtsmann war, dann war Macy's Weihnachtsmann ein Verrückter. »Ja!« sagte Mr. Macy mit lauter und trotziger Stimme.

»Das genügt«, sagte Fred.

Auf dem Rückweg zu seinem Platz fiel Mr. Macys Auge auf Mr. Sawyer, der in der dritten Reihe saß. Er verlangsamte seinen energischen Schritt und funkelte Sawyer an. »Sie sind gefeuert!« sagte er befriedigt und ging rasch den Mittelgang hinauf.

Doktor Pierce trat als nächster in den Zeugenstand. Er war der Arzt des Altersheimes von Maplewood. Er kannte Kris seit vielen Jahren. Ob er glaube, daß Mr. Kringle der Santa Claus sei?

»Das glaube ich«, sagte Doktor Pierce ruhig.

Wieder sprang Mara auf. Der Doktor sei doch ein Mann der Wissenschaft, nicht wahr? Ob er irgendeine rationale, wissenschaftliche Begründung für seine Meinung habe? Die Frage war ein Bumerang für Mara.

»Ja«, sagte Doktor Pierce, »die habe ich.«

Mr. Mara setzte sich.

Jetzt war Fred an der Reihe, Doktor Pierce zu befragen. »Haben Sie gegenüber Mr. Kringle – vor einigen Wochen – einen Weihnachtswunsch ausgesprochen?«

»Ja«, sagte Doktor Pierce.

Was war es?

»Nun, ich wünschte mir ein Röntgengerät für unser Heim.«

Ob er diesen Wunsch gegenüber jemand anderem geäußert habe?

»Nein – es war zu phantastisch. Röntengeräte sind sehr teuer.«

Und was war gestern im Haus Maplewood eingetroffen?

»Das Röntgengerät«, sagte der Doktor.

Woher es gekommen sei?

»Auf der Glückwunschkarte stand: ›Frohe Weihnachen, von Kris Kringle‹.«

Ob er sich einen anderen möglichen Spender denken könne?

»Nein.«

Was er aus dieser Tatsache folgere?

»Nun«, sagte Doktor Pierce, »als ich diesen Wunsch aussprach, sagte ich mir: Falls ich wirklich ein Röntgengerät bekomme, will ich glauben, daß er Santa Claus ist. Das Gerät ist gekommen – und also glaube ich's.«

Fred rief nun Jim, den Tierwärter, in den Zeugenstand.

Jim bestätigte Mr. Kringles unheimliche Art mit den Rentieren. Er selbst, der Wärter der Tiere, könne sich ihnen nur nähern, wenn sie angebunden seien. Und er füttere sie schon seit zwölf Jahren. Doch diese selben Rentiere liefen auf Mr. Kringle zu und fraßen ihm aus der Hand!

Dies war zuviel für Mr. Mara. Er erhob Einspruch gegen die ganze Richtung der Zeugenbefragung. Es sei lächerlich, unerheblich und nicht zur Sache gehörig. Mr. Gayley mache aus diesem Gericht einen Zirkus. Einen Weihnachtsmann gebe es nicht – das wisse doch jedermann.

Aus dem Saal wurde mißfälliges Gemurmel laut, und Fred erwiderte, das sei reine Auffassungssache. Ob Mr. Mara Beweise vorlegen könne, daß es *keinen* Weihnachtsmann gäbe?

Mr. Mara wurde es heiß unter dem Hemdkragen. Nein, das könne er nicht, sagte er, und er habe auch keinesfalls die Absicht! Das Gericht sei kein Kindergarten, sondern ein Hohes Gericht des Staates New York. Man verschwende hier nur die Zeit des Gerichts mit kindischen Kinkerlitzchen. Ob es einen Weihnachtsmann gäbe oder nicht! Mr. Mara bat den Richter um einen Urteilsspruch, und zwar sofort!

Seine Ehren schaute wirklich sehr unglücklich drein. Mara hatte gewonnen, fürchtete Richter Harper. Offiziell konnte er nur eine Entscheidung treffen. Dann aber fiel sein Blick auf Charlie Halloran, der in der Zuschauermenge saß. Charlie schüttelte heftig den Kopf und deutete mit dem Finger auf die Tür zum Amtszimmer des Richters.

»Das Gericht unterbricht die Sitzung und zieht sich zu einer kurzen Beratung zurück«, verkündete der Richter.

»Hör mal, mein Freund«, sagte Charlie, als sie allein waren. »Es ist mir egal, welches Urteil du über den alten Kater dort draußen fällst. Wenn du aber hineingehst und offiziell verkündest, daß es keinen Weihnachtsmann gibt, kannst du dir lieber gleich eine Hühnerfarm kaufen. Wir könnten dich nicht einmal bei den Vorwahlen aufstellen.«

»Wie aber kann ich behaupten, daß es den Weihnachtsmann *gibt*, Charlie? Ich bin ein verantwortlicher Richter. Man wird mich aus dem Amt jagen, falls ich so etwas mache. Man wird *mich* für unzurechnungsfähig erklären!«

»Sieh mal, Henry«, sagte Charlie, um seine Selbstbeherrschung ringend. »Weißt du eigentlich, für wieviel Millionen Dollar alljährlich Spielsachen produziert werden? Spielsachen, die nicht verkauft würden, gäbe es keinen Weihnachtsmann. Hast zu schon mal vom Unternehmerverband gehört? Was glaubst du, werden die Herren zu diesem Urteil sagen? Und was ist mit den Arbeitern, die diese Spielsachen herstellen? Lauter gewerkschaftlich organisierte Arbeiter! Was ist mit den Gewerkschaften? Sie werden dich lieben, Henry! Und sie werden es dir mit dem Stimmzettel beweisen! Und dann die Kaufhäuser. Die Bonbon-Fabriken. Die Glückwunschkartenhersteller und die Heilsarmee. An jeder Straßenecke steht ein Santa Claus. Du wirst der beliebteste Mann im ganzen Land sein, Henry. Und denk an die Weihnachtspäckchen, die wir – die Demokraten – an unsere Wähler verschicken! Ich sage dir, Henry – falls du entscheidest, daß es *keinen* Weihnachtsmann gibt, kannst du bei der nächsten Wahl nur auf zwei Stimmen zählen: die von Mara und deine eigene.«

Seine Ehren schüttelte traurig den Kopf und hob nur einen Finger empor. »Mara ist Republikaner«, sagte der Richter.

Voller Würde kehrte Seine Ehren zurück in den Gerichtssaal und setzte die Verhandlung fort.

»Das Problem des Santa Claus«, befand er, »ist im großen

und ganzen Auffassungssache. Manche Menschen glauben fest an ihn. Andere tun es nicht. Die Tradition der amerikanischen Gerechtigkeit verlangt eine tolerante und vorurteilsfreie Auffassung in so heiß umstrittenen Fragen. Dieses Gericht hat die Absicht, den Blick nach allen Seiten offenzuhalten. Es ist bereit, weitere Beweise von beiden Parteien anzuhören.«

Unterdrückter Jubel begrüßte diese Erklärung.

Mr. Mara schaute Fred verächtlich an. Ob er solche Beweise vorlegen könne?

Ja, Fred konnte. Ob Mr. Thomas Mara, bitte, in den Zeugenstand treten wolle?

»Wer, ich?« fragte Mara erschrocken.

Fred schüttelte den Kopf.

»Thomas Mara *junior*«, sagte er.

Ein siebenjähriger Junge trennte sich von seiner Mutter und flitzte den Mittelgang herab. Mr. Mara war völlig verwirrt durch das plötzliche Auftauchen seines Sohnes. Er starrte böse nach seiner Frau, die zwischen den Bankreihen im Mittelgang stand. Sie hielt eine Vorladung empor und schüttelte in hilfloser Unschuld den Kopf. Inzwischen begann Tommy mit seiner Zeugenaussage.

»Glaubst du an den Weihnachtsmann?« fragte ihn Fred.

»Und ob. Er hat mir voriges Jahr einen funkelnagelneuen Schlitten gebracht!«

»Wie sieht er aus, Tommy?«

Tommy deutete unbeirrt mit dem Finger auf Mr. Kringle. »Da sitzt er ja!«

Mr. Mara protestierte schwach.

»Abgelehnt!« sagte Seine Ehren streng.

»Sage mir, Tommy, wieso bist du so sicher, daß es einen Weihnachtsmann gibt?« fragte Fred.

»Weil mein Daddy es mir gesagt hat!« sagte Thomas junior und deutete auf seinen Vater.

Schallendes Gelächter erhob sich aus der Menge. Sogar der Richter grinste breit, während er mit pochendem Hammer Ordnung zu schaffen versuchte.

»Und du glaubst deinem Daddy, nicht wahr, Tommy? Er ist ein glaubwürdiger Mann.«

Tommy war empört über diese alberne Frage.

»Danke, Tommy« sagte Fred leise und setzte sich.

Wieder kamen Begeisterungsrufe aus der Menge. Thomas Mara senior war aufgesprungen. Er war verwirrt.

Tommy kletterte aus dem Zeugenstand und rannte zu seiner Mutter. Unterwegs kam er an Mr. Kringle vorbei. Die Versuchung war unwiderstehlich. Vertrauensvoll beugte er sich zu Kris. »Vergiß nicht!« sagte er mit lauter Flüsterstimme. »Ein echt-offizieller Football-Helm!«

»Du sollst ihn bekommen, Tommy«, sagte Kris strahlend.

Und glücklich lief Tommy zurück zu seiner Mutter.

Mr. Mara blickte hinunter zu seinem Sohn, und dann zum Richter hinauf. »Euer Ehren«, sagte er langsam, »der Staat New York erkennt die Existenz des Santa Claus an.«

»Das Gericht schließt sich den Worten des Staatsanwalts an«, sagte Richter Harper glücklich. Diesmal hatte er sich gut aus der Affäre gezogen. Er strahlte Charlie drunten in der

Menge an, und Charlie lächelte beifällig und zwinkerte mit den Augen.

Fred hatte einen gewaltigen Fortschritt erzielt – weit über seine kühnsten Hoffnungen. Aber die schwerste Hürde lag noch vor ihm, und das wußte er. Und was noch schlimmer war, Mara wußte es auch.

»Nach diesem Spruch des Hohen Gerichts«, sagte Mara, »verlangen wir aber, daß Mr. Gayley aufhört, persönliche Meinungen als Beweise vorzulegen. Die Staatsanwaltschaft könnte Hunderte von Zeugen aufbieten, die eine gegenteilige Meinung vertreten. Doch ist es unser Wunsch, diese Verhandlung abzukürzen – statt sie zu verlängern. Darum fordere ich, daß Mr. Gayley nunmehr den *offiziell verbürgten Beweis* erbringt, daß Mr. Kringle *der eine und einzige Santa Claus* ist.«

»Ihr Einwand ist wohlbegründet, Mr. Mara«, sagte der Richter. »Ich fürchte, ich muß dem beipflichten.« Ob Mr. Gayley bereit wäre, mit Hilfe sachkundiger und offizieller Bürgen nachzuweisen, daß Kringle der Weihnachtsmann sei?

Fred war nicht bereit – wenigstens nicht zu diesem Zeitpunkt. Er bat um eine Vertagung.

»Dieses Gericht vertagt sich bis morgen nachmittag, Punkt drei!« verkündete der Richter schnell.

Fred verließ den Gerichtssaal mit schwerem Herzen. Er saß in der Tinte, fürchtete er. Wo sollte er »sachkundige und offizielle« Bürgen auftreiben? Es sah ganz so aus, als sei die Sache Kringle ein verlorener Fall.

Sechzehn

ls Doris an diesem Abend nach Hause kam, war Susans erste Frage: »Kommt Mr. Kringle heute zu uns?« Nein, leider nicht, fürchtete Doris.

»Er war schon so lange nicht da«, sagte Susan. »Kommt er nicht bald, Mutter?«

Doris hatte den Zeitungsbericht über die Ereignisse dieses Gerichtstags gelesen. Die Reporter nahmen eindeutig für Kris Partei. Aber die endgültige Entscheidung schien unvermeidlich.

»Susan, Mr. Kringle kann vielleicht nie wieder zu uns kommen«, sagte sie.

»Warum nicht?«

»Nun«, versuchte Doris zu erklären, »weil er sagt, er ist Santa Claus.«

»Aber er *ist* Santa! Mutter, ich weiß, daß er's ist.«

»Manche Menschen glauben es nicht, Susan. Darum gibt es eine Art von Gerichtsverhandlung.«

»Aber er *muß* Santa Claus sein«, sagte Susan. »Er ist so lieb und freundlich und lustig. Niemand könnte so sein wie Mr. Kringle – außer dem Santa Claus!«

»Vielleicht hast du recht«, sagte Doris.

»Ist Mr. Kringle traurig, Mutter?«

»Ja, ich fürchte, das ist er, mein Schatz«, antwortete Doris.

»Dann will ich ihm gleich einen Brief schreiben, damit er sich freut!« Susan wollte nicht mal ihr Abendbrot aufessen, bevor sie mit ihrem Brief fertig war.

Nach dem Essen half Doris ihr, die Adresse auf den Briefumschlag zu schreiben: An Mr. Kris Kringle, New York – Staatsgefängnis, Center and Pearl Streets, New York City. Susan rannte davon, um ein Spiel mit einem anderen Kind in einer anderen Wohnung zu Ende zu spielen. Doris versprach, den Brief gleich in den Kasten zu werfen. Sie las ihn und lächelte.

LIEBER MR. KRINGLE

ICH VERMISSE DICH SEHR UND ICH HOFFE WIR SEHEN UNS BALD WIEDER. ICH WEISS ALLES WIRD GUT. ICH GLAUBE DU BIST SANTA CLAUS UND ICH HOFFE DU BIST NICHT TRAURIG.

AUFRICHTIG DEINE
SUSAN WALKER.

Doris stand da und war nachdenklich. Dann fügte sie eine Fußnote hinzu: »Auch ich glaube an Sie.« Und sie unterschrieb: »Doris.« Rasch klebte sie den Umschlag zu, frankierte ihn und schrieb PER EILBOTEN darauf. Sie lief hinaus und warf ihn in einen Briefkasten.

Im Hauptpostamt, spät nach Mitternacht, sortierte Al Gorden die Post. Unter seinem Mützenschirm kaute er finster an einer Zigarre. Weihnachten war wunderbar. Auch Al hatte kleine Kinder. Aber die Weihnachtspost machte ihm Kopfzerbrechen. Da waren nicht nur die Extra-Päckchen und -Briefe – da waren auch die vielen Briefe an Santa Claus. Es waren buchstäblich Tausende. Sie stapelten sich in Postsäkken überall auf dem Amt. Sie mußten sogar dreißig Tage lang aufbewahrt werden – irgend so ein verrücktes altes Gesetz. Plötzlich unterbrach Al das Sortieren und hielt einen Brief empor.

»Sieh mal, hier ist ein neuer!« rief er, als er sich Susans Brief vor die Augen hielt. »Ich habe schon welche gesehen, die gingen an Santa Claus – Nordpol oder Südpol oder postlagernd oder wie auch immer. Aber dieses Kind schreibt an Mr. Kris Kringle, New York – Staatsgefängnis! Sogar per Eilboten! Kannst du das verstehen?«

»Klar, das Kind hat recht! Dort sitzt er ja!« sagte Lou Spoletti, der am Tisch neben Al arbeitete. »Liest du keine Zeitung?«

Sicher las Al die Zeitung. Lopez hatte Garcia in der siebten Runde k.o. geschlagen.

»Sie machen ihm dort den Prozeß, diesem Kringle«, sagte Lou. »Er behauptet, er ist der Weihnachtsmann – und irgendein Doktor behauptet, er ist verrückt.«

Al schaute nachdenklich drein, als er Susans Brief in den Sack für die City-Eilpost warf.

»Du meinst, es gibt so 'nen Kerl, der wirklich der Weihnachtsmann sein könnte?« fragte er.

»Viele glauben, er ist's«, sagte Lou, und nickte mit dem Kopf.

»Was ist los mit dir, Lou?« sagte Al. »Stehst du vielleicht auf der langen Leitung? Dieser olle Kringle ist die Antwort auf alle unsere Gebete!«

»Jessas!« rief Lou. »Wieso bin *ich* nicht auf die Idee gekommen!«

»Bestell mir einen großen Lastwagen – bestelle gleich eine ganze Kolonne!« sagte Al. »Bring sie her, und zwar sofort! All die Weihnachtsmann-Briefe, die wir hier rumliegen haben, gehen – ab die Post – an Mr. Kris Kringle im Staatsgefängnis!«

Siebzehn

Im Richterzimmer, am folgenden Nachmittag, saß Charlie Halloran wieder mit Richter Harper zusammen. Der Rummel um den Fall Kringle schlug ungeahnt hohe Wellen. »Nun, die Sache macht Schlagzeilen!«

»Auch ich hab die Zeitung gelesen«, sagte Harper trocken. Aber was sollte er machen? Er mußte an seine Position denken – an seine Pflicht gegenüber dem Richteramt.

Charlie kümmerte sich nicht darum, *wie* er es machte, er fand nur, Kringle müsse einfach freigesprochen werden. »Heute ist Weihnachtsabend, Henry. Und wenn du Santa Claus in die Gummizelle schickst, wird man dich in die Wüste schicken – oder steinigen – oder kaltblütig ermorden!«

Der Richter war wirklich verzweifelt. Falls dieser Gayley nur die geringste Spur eines »sachkundigen und offiziell« verbürgten Beweises auftreiben konnte, wäre Seine Ehren nur allzugern bereit, ihm jedes Entgegenkommen zu zeigen. Er hatte Mr. Kringle genau beobachtet. Er war anscheinend nur ein sehr freundlicher alter Herr. Doch wenn kein Wunder geschah, mußte er das ärztliche Attest auf Unzurechnungsfähigkeit akzeptieren und den Alten in die geschlossene Anstalt stecken. Richter Harper schlüpfte in seine Robe und trat in den Saal.

Fred war in tiefer Sorge, als die Verhandlung eröffnet wurde. Im Gerichtssaal herrschte gespannte Erwartung. Alle Anwesenden wußten, die Endrunde stand bevor. Und heute war Heiliger Abend. In wenigen Stunden würde Santa Claus seine Rentiere anschirren und seine Reise über die Hausdächer antreten. Fred hatte Kris erzählt, wie verzweifelt er sich bemüht habe, sachkundige und offizielle Bürgen aufzutreiben. Er hatte dem Bürgermeister ein Telegramm geschickt, dem Gouverneur und vielen anderen Offiziellen – doch ohne Erfolg.

Mr. Mara verlas Berichte aus etlichen Anstalten und Irrenhäusern. In einem saßen vier Männer, die glaubten, sie wären Napoleon. Zwei andere glaubten, sie wären Caruso. Und einer hielt sich für Tarzan. Es sei klar, betonte Mara, daß Wahnvorstellungen, wie Kringle sie hatte, nicht allzu selten wären.

Dieser Bericht war wirklich vernichtend. Richter Harpers Gesicht wurde immer länger, je länger der Prozeß andauerte. Alle blickten düster drein – alle außer Mr. Kringle. Er war sogar fröhlicher als sonst. Der Grund war Susans Eilboten-Brief. Er war ihm zugestellt worden, gerade bevor die Verhandlung wieder eröffnet wurde. Er hatte ihn immer und immer wieder gelesen. Ganz gleich, wie dieser Prozeß ausgehen würde, dachte er, seine Bemühungen waren nicht umsonst gewesen.

Mara zitierte weiter seine Berichte und reichte sie – einen um den anderen – als Beweisstück ein. Fred saß da und hörte nur mit halbem Ohr hin. Verzweifelt versuchte er, sich etwas einfallen zu lassen. Ein kräftiger Schlag auf seine Schulter unterbrach seine Grübelei. Überrascht blickte er auf.

Es war ein uniformierter Gerichtsdiener. Er flüsterte Fred etwas ins Ohr. Fred schaute verdutzt und folgte dem Diener hinaus aus dem Saal.

Mara dröhnte noch immer drauflos, als Fred auf seinen Platz zurückkehrte. Kris sah ihn an – und war überrascht. Freds ganze Haltung war plötzlich verändert. Er blinzelte Kris zuversichtlich zu.

Endlich war Mara fertig mit seiner Litanei. Seine Ehren wandte sich an Fred. »Haben Sie weitere Beweise vorzutragen, Mr. Gayley?« fragte er im Ton eines Mannes, der die Antwort im voraus kennt.

»Allerdings, das habe ich«, sagte Fred und stand auf. Er hielt einen Welt-Almanach in der Hand. »Und zwar in Sachen Bundespost. Sie ist eine offizielle Behörde der Regierung der Vereinigten Staaten. Die Post wurde am 26. Juli 1776 ins Leben gerufen – durch den Zweiten Kontinental-Kongreß. Der erste General-Postmeister war Benjamin Franklin. Zum gegenwärtigen Zeitpunkt ist die Bundespost eines der größten Wirtschaftsunternehmen der Welt. Letztes Jahr betrug ihr Brutto-Umsatz 1 112 877 174 Dollar und 48 Cents. Allein im letzten Quartal erzielte sie einen Netto-Profit von 51 102 579 Dollar und 64 Cents.«

Mr. Mara war mit seiner Geduld am Ende. »Es ist in der

Tat befriedigend zu hören, daß die Bundespost so hübsche Erfolge hat«, sagte er. »Aber es hat wohl kaum etwas mit diesem Fall zu tun.«

»Es hat sehr viel damit zu tun, Euer Ehren«, sagte Fred zum Richter gewandt. »Dürfte ich vielleicht fortfahren –«

»Aber ja, um Himmels willen«, sagte Richter Harper, gierig nach jedem Strohhalm greifend.

»Die Zahlen, die ich zitiert habe«, sagte Fred, »sind Beweise genug für ein sachkundig geführtes Unternehmen. Außerdem ist die Post eine offizielle Abteilung der Bundesregierung. Sie war dies bereits zweiundzwanzig Tage nach der Unabhängigkeitserklärung der Vereinigten Staaten. Alle Jobs unterliegen dem Beamten-Gesetz. Beförderungen erfolgen strikt nach persönlicher Fähigkeit. Außerdem ahndet das U.S.-Postgesetz die Auslieferung von Briefen an den falschen Empfänger mit Gefängnisstrafe.« Und Fred zählte eine Reihe von Sicherheitsvorkehrungen auf, die eine pünktliche und korrekte Briefzustellung gewährleisteten.

Mr. Mara sprang auf und protestierte. Diese Verhandlung dauerte schon viel zu lange.

»Euer Euren«, sagte er, »der Staat New York ist voller Bewunderung für die amerikanische Bundespost. Wir erkennen die Post als ein höchst offizielles und sachkundig geführtes Unternehmen an!«

»Ins Protokoll?« fragte Fred.

»Ja, ins Protokoll«, sagte Harper gereizt. »Alles, was Sie wollen – nur um diese Verhandlung abzukürzen!«

Und dann wünschte Fred, drei Beweisstücke einzureichen. Aus dem Almanach zog er drei Briefe hervor und überreichte sie dem Richter. »Bezeichnen Sie sie, bitte, als Beweisstücke A, B und C«, sagte er zum Schreiber.

Die Briefe waren – von Kinderhand – adressiert an: »Santa Claus U.S.A.«

»Diese Briefe«, sagte Fred, »wurden soeben Mr. Kris Kringle zugestellt. Hier in diesem Gebäude, und zwar durch die amerikanische Bundespost. Ich unterstelle, Euer Ehren, daß dies ein eindeutiger Beweis dafür ist, daß die Bundespost anerkennt, daß Mr. Kringle der eine und einzige Santa Claus ist.«

Der Richter nahm die Briefe entgegen und warf einen Blick darauf. Er war sehr beeindruckt.

Mr. Mara war es nicht. »Drei Briefe«, sagte er, »sind kein eindeutiger Beweis. Ich höre, daß die Post alljährlich Hunderte solcher Briefe erhält.«

»Ich habe weitere Beweisstücke«, klärte Fred Seine Ehren auf. »Aber ich zögere, sie vorzulegen.«

Richter Harper wurde ungeduldig. Der Bursche führt etwas im Schilde. »Bringen Sie sie herbei, junger Mann! Legen Sie sie hier auf diesen Richtertisch.«

»Ja, wir alle würden sie gern sehen«, fügte Mara hinzu. Seine Stimme war beißend vor Ironie.

»Aber, Euer Ehren –« wollte Fred einwenden.

»Bringen Sie sie her!« befahl der Richter.

»Sehr schön, Euer Ehren«, sagte Fred und nickte hinüber zur Tür.

Eine lange Reihe von Gerichtsdienern kam herein – mit Schubkarren voller Postsäcke. Sie schleppten die Säcke – einen nach dem anderen – auf die Empore und leerten sie vor dem Richtertisch aus. Der ganze Saal schaute zu, wie der Stapel in die Höhe wuchs, bis der Richtertisch in einer Brieflawine beinahe ertrank.

»Euer Ehren«, sagte Fred, »jeder dieser Briefe ist schlicht und einfach adressiert an: *Santa Claus.*«

Seine Ehren blickte auf von der Flut der Briefe und schwang seinen Hammer. »Die Vereinigten Staaten von Amerika glauben, daß dieser Mann Santa Claus ist. Das Gericht läßt keinen Einspruch mehr zu. Die Klage ist abgewiesen!«

Kris stand auf. Er lächelte froh, aber es standen auch Tränen in seinen Augen. Plötzlich raffte er Hut und Stock und Mantel zusammen und sauste zum Richtertisch. »Danke, Euer Ehren«, sagte er mit tränenerstickter Stimme. »Und fröhliche Weihnachten.«

Richter Harper strahlte über das ganze Gesicht. »Auch Ihnen fröhliche Weihnachten, Mr. Kringle!« sagte er, die Hand ausstreckend.

Seine Ehren warf einen raschen Blick nach Charlie Halloran. Charlie kaute zufrieden auf seiner Zigarre. Er blinzelte dem Richter fröhlich zu.

In dem wilden Tumult, der jetzt ausbrach, wurde Fred von Bewunderern, Fotografen und Reportern umringt. Man beglückwünschte ihn und klopfte ihm den Rücken. Aber er konnte Kris nirgends finden. Auch die Reporter suchten den alten Herrn – sie brauchten Bilder von dem einen und einzigen, dem *echten* Santa Claus.

Doch Kringle war verschwunden.

»Na«, sagte einer der Reporter, »es ist fünf Uhr – Heiliger Abend. Der alte Junge hat keine Zeit zu verlieren. Wahrscheinlich schirrt er jetzt seine Rentiere an!«

»Und jetzt beginnt es sogar zu schneien«, sagte ein anderer.

Im Hintergrund des Gerichtssaals stand Doris in der Zuschauermenge. Sie war eben erst hereingeschlüpft, um den Ausgang der Verhandlung mitzubekommen. Jetzt wandte sie sich zur Tür, und dann zögerte sie. Vielleicht sollte auch sie Fred gratulieren? Während sie stand und überlegte, kamen zwei Reporter an ihr vorbei. Einer überreichte dem anderen einen Zehn-Dollar-Schein. »Da hast du«, sagte der erste und schüttelte den Kopf. »Hätte nie geglaubt, daß er es schaffen würde. Die Briefe – das war ein schlauer Trick.«

»Es waren nicht nur die Briefe – und es war kein Trick«, antwortete der andere Reporter. »Eines mußt du diesem Gayley lassen: Er hat von Anfang an geglaubt an den Alten. Und am Schluß glaubten alle anderen an ihn.«

Diese Worte trafen ihr Ziel. Doris verließ stumm den Gerichtssaal. Inzwischen drängten alle zur Tür – alle außer dem Schreiber, der sich aus dem Berg von Briefen freizustrampeln versuchte. Briefe, die nur hier waren, weil ein kleines Mädchen an Mr. Kringle geglaubt und ihm einen Brief geschrieben hatte, um ihm dies zu sagen.

Auf dem Weg aus dem Saal überlegte Mr. Mara, was eigentlich passiert war. Er wußte, er sollte wütend sein über die Niederlage. Aber aus irgendeinem Grund war er es nicht. Tatsächlich war er sogar froh und glücklich. Und plötzlich kam ihm eine Idee. Mit einem Blick auf die Armbanduhr rannte er los. »Liebe Güte!« sagte er besorgt. »Höchste Zeit, diesen Football-Helm zu besorgen!«

Achtzehn

Am Weihnachtsmorgen, frisch und strahlend, schlich Susan sich auf Zehenspitzen in das Wohnzimmer, um ihre Geschenke unter dem Weihnachtsbaum zu suchen. Da gab es viele, und aufregende Päckchen waren dabei, aber nicht das *eine.* Das Geschenk, das Kris ihr versprochen hatte. Natürlich hatte sie nicht erwartet, ein Haus unter dem Weihnachtsbaum zu finden. Aber sie erwartete irgendein Zeichen vom Weihnachtsmann, das ihr bewies, daß ihr Wunsch in Erfüllung gegangen war.

Doris kam herein und fand ihre Tochter in Tränen aufgelöst. Susans Enttäuschung war bitter. Mr. Kringle war doch nicht der echte Santa Claus!

Doris schloß Susan in ihre Arme, um sie zu trösten. Aber das Kind riß sich los. Die Mutter hatte immer gesagt, es gäbe keinen Weihnachtsmann – und sie hatte recht gehabt. Das sah Susan jetzt ein. Die ganze Sache war nichts als alberner Unsinn.

Als Doris dies hörte, glaubte sie ihre eigenen Worte zu hören. Und das gefiel ihr gar nicht. »Ich hatte unrecht, dir so etwas zu sagen«, sagte Doris. »Du *mußt* an Mr. Kringle glauben – und immer weiter glauben. Du mußt zu ihm Vertrauen haben.«

Aber wie sollte man glauben, daß ein armer alter Mann, der in einem Kaufhaus den Weihnachtsmann spielte, tatsächlich Santa Claus war und Weihnachtswünsche erfüllen konnte?

»Vertrauen heißt glauben, auch wenn die Vernunft dagegen spricht«, sagte Doris. Freds Worte, eindringlich wie ein Echo, galten für sie genau wie für Susan.

Das Kind hatte nicht verstanden, darum sprach Doris weiter. Wenn man nicht glaubte, würde niemals in Erfüllung gehen, was man sich wirklich wünschte. Das hatte Doris – zu ihrem bitteren Schmerz – lernen müssen. Jeder konnte Vertrauen haben, wenn alles in Butter war. Echtes Vertrauen aber hieß glauben – egal, ob Regen oder Sonnenschein. Sie erinnerte Susan an ihren Brief und wie sehr ihr Glaube Doris ermutigt hatte. Jetzt hatte das Blatt sich gewendet – und auch Susan mußte jetzt glauben.

Susan überlegte ein Weilchen, und dann murmelte sie voll Überzeugung. »Ich glaube ich glaube ich glaube...«

Das alljährliche Weihnachtsfrühstück im Haus Maplewood sollte dies Jahr besonders festlich sein. Denn Mr. Kringle kehrte heim! Der Held des Tages – vom Gericht als zurechnungsfähig erklärt und daher berechtigt, wieder im Heim zu wohnen. Sogar die Direktoren waren gekommen, ihn zu begrüßen.

Aber Kris hatte sich nicht blicken lassen, und die Leute

begannen unruhig auf ihren Stühlen zu zappeln. Doktor Pierce telefonierte mit jedem, der ihm einfiel – auch mit Jim, dem Tierwärter im Zoo.

Keine Spur von Kris, sagte Jim, der auf den Hof hinausblickte. Doch was noch schlimmer war – auch die Rentiere waren verschwunden!

Nachdem er aufgelegt hatte, rannte Jim wie ein Wilder zu ihrem Gehege – und blieb wie angewurzelt stehen. Da waren die Rentiere! Zwei und zwei hockten sie da – keuchend, die Flanken feucht von Schaum und Schweiß. Jim schüttelte nur den Kopf.

Kurz darauf spazierte Kris Kringle fröhlich ins Haus Maplewood. Er schien erschöpft, aber guter Dinge.

Die Begrüßung war überschwenglich. Alle hatten auf ihn gewartet. Er sollte seinen Platz unter dem Weihnachtsbaum einnehmen – wie er's seit Jahren getan hatte.

Vorher aber mußte Mr. Kringle ein dringendes Telefongespräch führen. Er wollte ein paar Ehrengäste einladen, falls es erlaubt wäre.

Kris rief Fred an und bat ihn um einen Gefallen. Ob er Doris und Susan abholen und mitbringen könne?

»Na«, sagte Fred, »du weißt ja, wie die Dinge stehen, Kris.«

»Ich weiß«, sagte Kris. »Aber am Weihnachtsmorgen...«

Natürlich war Fred einverstanden. Und dann beschrieb Kris ihm den Weg, wie er nach Maplewood fahren sollte.

Anscheinend war Kris in dieser – heiligen – Nacht weit

herumgekommen in Stadt und Land. Denn er wußte genau Bescheid über den Zustand aller Straßen und Wege. Der Schneesturm habe wild getobt über Nacht, betonte Kris immer wieder. Fred müsse mit seinem Auto unbedingt *den* Weg fahren, den Kris ihm beschrieben hatte – und keinen anderen!

Ziemlich verlegen klingelte Fred an Doris' Tür. Er erklärte, daß Kris angerufen habe. Ob sie bereit wäre, mit ihm hinauszufahren?

Auch Doris war verlegen und steif. Vor Susan versuchte sie, sich ungezwungen zu geben, aber es fiel ihr schwer. Natürlich würde sie gern mitfahren.

Es war ein wunderschöner Weihnachtsmorgen. Das Land lag glitzernd und weiß unter dem frischen Schnee. Der ziemlich komplizierte Umweg, den Kris beschrieben hatte, führte durch hübsche, friedliche Vorortstraßen. Jedes Haus hatte Weihnachtskerzen in den Fenstern und bunte Girlanden über der Tür.

Plötzlich tat Susan einen begeisterten Schrei! Beinah hechtete sie durch das Wagenfenster. Dort stand ja das Haus – ihr Weihnachtsgeschenk, genau wie auf der Zeichnung, die sie Mr. Kringle gegeben hatte!

»Halt!« rief Susan atemlos, und Fred trat verwundert auf die Bremse. Er und Doris schüttelten die Köpfe.

Außer sich vor Aufregung, rannte Susan den Bürgersteig entlang. Sie *wußte*, dies war ihr Haus! Da gab es gar keinen Zweifel. Mit größter Zuversicht stieß Susan die Haustür auf und lief hinein.

Fred und Doris, sehr erstaunt, folgten ihr wortlos.

Das Haus war leer und machte den Eindruck, als wären die letzten Mieter erst kürzlich ausgezogen. Ein kaputter Regenschirm, ein paar alte Galoschen, ein paar Kartons lagen verstreut umher. Und Fred hatte gesehen, daß auf dem Rasen ein Schild ZU VERKAUFEN stand.

Susan hatte schon das Obergeschoß besichtigt und kam die Treppe heruntergesprungen, ins Wohnzimmer. Sie glühte vor Aufregung. Sie erzählte von ihrem Weihnachtswunsch, den sie Mr. Kringle verraten hatte. Und hier war ihr Wunsch in Erfüllung gegangen. Alle Zimmer sahen genauso aus, wie sie es auf der Zeichnung gesehen hatte.

»Mutter, du hattest recht! Man muß glauben, auch wenn die Vernunft dagegen spricht! Siehst du, ich habe geglaubt, und du hattest recht!« sagte sie atemlos. Und schon lief sie hinaus in den Garten, um nachzusehen, ob auch ihre Schaukel da war.

Fred schaute Doris an. »Hast du das wirklich zu Susan gesagt?« fragte er.

Doris nickte stumm. Sie war den Tränen nahe. Und dann lagen beide sich in den Armen.

»Ach, jetzt glauben alle an Mr. Kringle«, sagte Fred glücklich. »Anscheinend ein einstimmiges Urteil!«

Doris nickte. Sie konnte noch immer nichts sagen.

»Dieses Haus hat Susan überzeugt«, sagte Fred. »Und offenbar ist es zu verkaufen. Wir dürfen Kris nicht enttäuschen, nicht wahr?«

Doris schüttelte lächelnd den Kopf. Endlich fand sie ihre

Stimme wieder. »Ich habe niemals an dir gezweifelt, mein Liebster«, sagte sie. »Es war nur meine dumme Vernunft.«

»Ja – es scheint doch ganz vernünftig, an mich zu glauben«, sagte Fred. »Immerhin muß ich ein ziemlich guter Rechtsanwalt sein. Ich hab's geschafft, einen kleinen alten Mann aus einer Nervenheilanstalt zu holen und offiziell zu beweisen, daß er der Weihnachtsmann ist!«

Doris nickte und lächelte. »Du bist wunderbar!« sagte sie.

Dann fiel Fred etwas ins Auge. Dort in der Ecke, neben dem Kamin, lehnte ein Spazierstock. Ein ganz normaler Spazierstock, genau wie Kris ihn benutzte. Auch Doris hatte ihn entdeckt. »O nein!« sagte sie. »Es darf nicht wahr sein. Er muß von den Leuten vergessen worden sein, die hier auszogen...«

»Na ja, vielleicht«, sagte Fred. Er kratzte sich den Kopf und grinste verlegen. »Andererseits – vielleicht ist das, was ich geschafft habe, gar kein solches Wunder.«